1968年、久しぶりに訪れた「鳩の町」で
(「私の小説の舞台再訪」より、©朝日新聞社)

中公文庫

吉行淳之介娼婦小説集成

吉行淳之介

中央公論新社

吉行淳之介娼婦小説集成　目次

吉行淳之介娼婦小説集成

原色の街〔第一稿〕

東京都東北の地域、隅田川を越えた市街電車の終点のあたりの広いアスファルト道の両側の町は、いつもさりげない貌《かお》で、そこに在る。線路がつきるところは、電車が二、三台たまっていて、ときには大正年間に製られたかと思われるほど、古風な型のものも見うけられる。

エプロン姿の商家の女房風の女が、買物籠を片手に漬物屋の店さきで、樽の中に入っている白菜を、指さきでひっぱって、漬かり加減をしらべている。漬物屋のとなりは、大衆酒場で、自転車が四、五台、それぞれ勝手な方向をむいて、置かれてある。そのとなりの外食券食堂とのあいだに、小路が口をひらいている。

それは、極くありふれた露地の入口である。しかし大通りから、そこへ足を踏み入れたとき人々はまるで異った空気につつまれてしまう。

曲り、紆った、細い路の両側は、どぎつい色、あくどい色の氾濫である。ハート型にまげられたネオン管のなかでは、赤いネオンがふるえている。洋風の家の長方形の入口には、ピンク色の布が垂れていて、その前に、唇と爪の真赤な女が、人目を惹こうとそれぞれの思案を凝らせた衣裳にくるまって、道行く人に、よく光る練り上げた視線を投げている。鼻にかかった、甘い声が忍び寄ってゆく。なかには、正面から抱きついて、脂肪のたまった腹部をすりよせながら、耳許に露骨な言葉をささやく女もある。

地味な衣裳と、ひかえ目な媚態《コケットリー》のうちに用意された肉体は、ここでは数寡《すくな》いし、それに売れ残るおそれがある。好事家の数が、ここでは比較的少いからだ。多くの男たちは、外観はともかくも、長い航海のあと、やっと陸地に上った舟乗りのように、紙幣を掌のなかに握りこんで目的の場所へ進んでゆく。

——昭和二十×年初夏、甚しい不景気で、数多くの人たちは、必需品しか買えない時代であった。

好事家にとって必要なのは、繊細《デリケート》な趣味のゆきとどいた商品である。この街に来て、金を払ってゆく男たちの大部分に必要なのは、女である。その男たちの目を惹き、足をとどめさせるための作戦としては、この装飾はよく計算されているといってよい。ただ、共同便所の壁の悪戯《いたずら》書きに示されたような欲望を、そのまま受けとめようとする趣は、覆われがたい。

真紅に塗られた唇が、せわしなく上下に開いて、ネオンの燈を白い歯が蛍光色に反射する。肩まであらわな腕が伸びて、ぶらぶら歩いてゆく男の腕を、上衣を、帽子を捉えようとする。男は、無意味な声を発したり、つまらぬ冗談を言ったりしながら、身をしりぞけ、首をうしろに引いて相手の姿をたしかめる。やはり、それぞれの好みはあるものだ。そして、そのまま女の方に手繰り寄せられるか、あるいはその手をふり切って、別の目標に移ってゆく。

このように、女とのありとあらゆる動きが、この街では、一つの単純な目的にたどりつくために、行われている。

この街の男女関係は、きわめて明晰である。女にとって、この街にいることは、どんなに美しく、稀にはういういしく見える女でも、定まった金額で買えるという徽章《きしょう》を身につけていることであり、女を見る男の視線は、この女は果して自分の申出《プロポーズ》に応じるだろうか、と迷っている、疑しげな探るような陰湿な好色さはなく、支払わねばならぬ金と引換えに与えられる快楽の量を計っている、ひたむきな好色の眼である。

男にとっても、眼のまえの女性の、好意にみちた眼差しに、おもわずほほえみ返したとき、彼女の視線が自分の斜めうしろの人物に向けられていたことに気づいて、行き場のなくなった微笑がそのまま頬に凍りついてしまうとか、街の女とおもって取扱かおうとした女性が、実は素人の夫人だったとか……、ささやかな、そのくせチクリと棘を含んでいつまでもまつわりついてくる出来事からは、この街にいるときは無縁である。

もっとも、そのような感情の動き自体から、まったく無縁の人は、数多い。又、この街の性格そのものも、縁遠いことは確かである。……しかし、そうでない人にとっては、それは一種の解放感として、この街に流れているのである。


あけみは、その解放感を皮膚感覚として持つことが出来た。それどころか、その解放感に惹かれて、この街に身を売った、という弁解を心に抱いている。しかし、そのような契機でこの街を最後に行きつくところとしたこと、言葉を替えれば、そんな動き方をする心を持っていること、——それが、結局は、彼女を不幸にしてゆくことは、あけみはまだ気付いていない。

しかし、そのことは、やがて気付かずには済まないことだった。

ここへ来て二ヵ月近く、あけみは日々、遠い気持で軀《からだ》を開いていることが出来ていた。それは、あけみが快感を覚えないためであった。此の街へ来たという思いの烈《はげ》しさが、彼女の肉体を圧しつづけていたのである。男たちは、単に通過して消えてゆく、物質感を与えるだけであった。

　しかし、そのことも、そのままで過ぎてゆくものではなかった。

　六月のある日、その日は、あけみにとってなにか最初から調子の狂った日で、まだ明るいうちにあがった客が、

「きみの名は」

　と、紋切型の質問をはじめた。

「あけみ」

「それで、本名は」

　と重ねて訊ねた。

　いつもの彼女だったら、「同じよ」と嘘を答える筈だった。その方が会話をはやく打ち切ることになるからである。しかし、このような問は今までになかったので、不意を衝かれた彼女は、

「はな子」

　と本当のことを言ってしまった。

「ふむ、平凡な名前だな」

　客はつまらなそうな顔になった。四十がらみの、度の強い眼鏡をかけた、教員風の小

男である。あけみは、腹立たしい気持に捉われた。

この名前には曰くがある。

空襲で爆死した父母の若い日の追憶が、その名前にからまっている。彼女一人が、空襲から生き残るまでは、中産階級の家庭の一人娘として育ち、女学校も卒業し、安穏な小市民の生活であった。若くて一緒になった父母の、結婚三年目に生れたのが彼女で、あれこれ考えぬいた挙句、赤児の名前に窮した両親は彼女をはな子と命名した。……犬ならばポチ、人間の女ならばはな子、その徹底した平凡さの持っているニュアンスに対して、若やいだ、ややペダントリーの混った悪戯っぽい好感を抱いて……、「男だったら太郎となったわけよ」と、後日、母親が回顧的な表情で彼女に告げたことがあった。

魚谷はな子、……それが、あけみの正確な姓名である。

その教員風の小男は、たいへん、執つこかった。

その夜十時ころ、何人目かの客を帰して、あけみは鏡台に向い、乱れた髪を直していた。

女学生時代、混血児《あいのこ》とからかわれたこともあった、彫の深い、眼の大きい痩形の顔に、さまざまの疲れの翳がさっと一刷毛はかれて、其処に映っていた。露地の入口から三つ目の曲り角にある、ヴィナスという家号のこの店に来てから、ほとんど太陽の光の下に出ないためもあって、小麦色の膚にはうっすらと澱んだ色もあったが、それはまだ、娼婦の顔にはなっていなかった。

娼婦の貌、——それは、職業によってあらわれてくるものばかりではない。どんな富裕な家庭にも、屢々《しばしば》見受けられる種類のものだ。

あけみは、上唇の剝げた口紅を、下唇の歯の裏でちょっとしごいてから、わざと橙色の口紅を選んで、濃く塗りつける。唇のいろと皮膚の色との対照で、顔全体がにわかに安っぽい感じに変えられてゆく。黄色い電燈の光に、口紅の厚い層がギラギラ閃《ひか》って、濡れた欲情を、顔のすみずみまで放射しているように思えてくる。あけみは、自分にたいして、悪意にみちた気持になってゆく。と同時に、淫靡《いんび》な心も、彼女の意識の下でかすかに一瞬疼《うず》くのである。多くの男との肉体だけの交渉が、やはり、あけみの軀の未熟さを、次第にとり除いていって、今では実った肉が皮膚の内側に在った。それを、あけみは、はっきりと意識に上らせていない。かすかなおののきが、軀を掠《かす》めて過ぎてゆくときにも、彼女の心は、たちまちそれを不快な身慄いにすり替えてしまうのだ。

結局、あけみはこの変貌したあまり見覚えのない顔の裏側に、身を隠して、客の前にあらわれることになる。

娼家の女の部屋には、概ね、扉に鍵がついていない。あけみの部屋の戸を開けて、みどりが入ってくると、傍に膝を崩して坐り、

「ねえ、いまのお客、とっても可笑《おか》しな男ったらないのさ」

と、話しかけてきた。

あけみは、自分の過去は他の女たちにもぼかして話さないのだが、このよく肥って手の甲の指のつけ根にえくぼの見える十九の娘は、なにか理解に苦しむ事柄に遭うと、いつもあけみのところへお喋りに来る。みどりも、女学校は出たという。色白で肌理《きめ》がこまかく、軀のほとんどの部分が可愛らしく出来上っているくせに、乳房だけは思いきり大きくふくらんで、乳首には暗紅の広い暈《かさ》がある。

その人物を知るにはその書棚を見ればよい、などと言われもするが、みどりの書物を調べても、彼女を理解することは難しい。彼女は、桑材の立派な本箱を持っている。スタンダール——赤と黒、ツルゲーネフ——春の水、ジイド——狭き門など、それに、クープリン——魔窟、ギャンチョン——娼婦マヤ。このような場所でよく見られる、メロドラマ、講談本の類は、故意か偶然か一冊もない。壁にはマリアの絵葉書。

彼女は嫌いなタイプの男は、決して取らない、と言う。しかし、この家の主人が街の

各処に持っている合せて五軒の店に働いている女たちのうち、稼ぎ高は一番である。彼女は、それが得意で、客に自慢したりする。みどりの腕を飾る金の輪は、贋物ではないし、小型の電気蓄音機も持っている。

稼ぎの良い女は、所謂ママさんからも嫌な顔をされず、みどりの毎日は概ね楽しそうである。例えば客に「きみ、辛いこともあるだろうな」と訊かれると、先週、朋輩の春子《こ》に稼ぎを、上を越され二番目に落ちたことを思い出し、「みどりほんとに口惜しかったわァ」と甘い声でささやいたりした。又、「きみの愉しみは何だい」などと言われると、「気に入った客を取ったときよ。これであすの朝までゆっくり、騒いだり、歌ったり、レコードかけたり出来ると思うと、ほんとに嬉しいわ」と答えるのである。馴染の客を見詰めながら、「今度あなたが来るときは、何を御馳走してあげようかしら」などと、呟くこともある。

このように、みどりの意識は、決してこの街の生活の範囲から、はみ出すことはない。

彼女の「わたし、インテリには片っぱしから復讐してやるの」という言葉は、古い譚《はなし》にある悪質な病気を相手にうつすなどということではなく、旺盛な健康な肉体で、知識階級とおぼしき男の肉体をモミクチャにし、圧倒して凱歌を挙げることである。

……このようなことから考えると前述のみどりの書物は、その題名から内容を錯覚して、謬《あやま》って彼女が買ったものかもしれぬ、と思えたりするほどだ。みどりの話を聞いていると、露骨な、下卑た言葉にたいしての、躇《ため》らいは認められない。どんな言葉も、彼女には同じ活字箱に入っている。

みどりの露骨な話が暫くつづいたとき、
「みどりさーん、森山さんよ、それから、あけみさんちょっと」
と、みどりの馴染の客のきたことを告げる声がひびいた。「まあ、しばらくぶり」と呟いて、いそいそした心を後姿にみせて、みどりは出ていった。ひろく開いたドレスの背から、あらわになっている襟あしから肩のあたりに、うっすらと白い脂が浮いている。

望月五郎は、某汽船会社の社員で、金まわりも良かったし、気の置けない人柄なので、この家の主人の居間に入ることが出来ていた。それは、客にとっては一つの特権であり、主人側としては非常な好意のしるしである。彼は、まだ三十をやや越した年配だったが、そろそろ髭を生やしてみようか、と惑っているような顔付きをしていた。ロイド眼鏡をかけて、よく笑った。

あけみが呼ばれて、主人の居間の入口で頭を下げたとき、彼は春子という女を傍によせて、彼の膝のうえに載せた女の掌の甲を、押しつけるようにして撫でながら、片手で盃を口に運んで、十分に彼の人生に満足して喋っていた。

「それでだな、春子、お前が首まである緑色のセーター、ほら、いつか買ってやったやつ、あれを着こんでな、ネッカチーフをひらひらさせて、モーターボートの舳に立っているところを、パチリと一枚やるわけだ。こいつが極彩色に色が着いて、雑誌の表紙になるという寸法さ。なーに『船』という業界誌なら、俺が口をきけば大丈夫だ」

「あら、ゴロさん、ほんと。ウソついちゃいやよ、うれしいわ」

と彼女は、豪奢な買物に出掛けるような表情で、すっかり、はしゃいでいる。

この女が先週みどりを凌いで、最高の稼ぎ高を挙げた春子である。扁《ひら》く陰翳に乏しい顔の軀のすみずみまで肉付きのよい健康さで、貧窮の家に育った彼女にとって、この街に来ても定石どおり、ここの生活もそのまま受け入れている、といった型の女である。

春子が、いつも傍から離さない、千代紙貼りの綺麗な小箱は、いまもその横に置かれている。その中には、口紅と小さな鏡を容れてある。……彼女は、客を部屋にむかえると、その華やかな色彩の箱の蓋をそっと持ち上げ、むしろ楽しげな表情で、なかから上質の塵紙の束と、ゴム製品をとり出すのである。

「あけみさん、ゴロさんのお連れの方のお相手、たのむわ」

と、ママさんが声をかけた。

望月のつれの男は、黙ったまま酒を呑んでいた。望月よりいくらか若く、三十そこそこと見えた。

亭主は、望月の話にうなずきながら、ときどき眼の光を強くして、片手を額のうえにすっとよぎらせていた。その右手の親指は第一関節のところから、薬指は第二関節から失われている。

あけみは、望月五郎の連れの男の傍に坐った。その男は、かるく会釈を返し、先刻からのようにまじまじと主人の顔を眺めていたが、不意に口を出した。

「それはそうとして、おやじさんは、いい顔をしているなあ。一芸に達した人物の顔をしている、可笑しなもんだな」

皮肉でも、お世辞でもない、率直さが、その口調にあった。望月がすぐ口を挿んだ。

「不思議がることはないだろう、この人はそりゃあ、大したもんだ。昔ばなしを聞いてみろ、実にたいしたもんだから」

「いやそういえば、いろんな事をやってきましたよ」

主人は、寸のつまった右手でかるく額の上を撫でると重々しい口調でさりげなく答えたが、満更でもなさそうな顔だった。

「いや、昔のはなしは、聞かなくていいんだが……」

という、男の語尾を引きとって、主人は、

「近頃では、子供たちがかわいくて、少年野球に手を出していますよ」

ママさんが、立ち上ってアルバムを抱えてきた。この家のママさんは、主人の正妻の四十がらみの小柄な女で、所謂世の中の酸いも甘いも嚙みわけたといった洒脱な風格を身につけている、娼婦あがりの女である。……試みに、春子やみどりに、将来の希望を訊けば、口を揃えていい男のパトロンを摑まえて、独立して一軒店を持ち、その家のママさんに収まることだ、と言うのである。

ママさんは、アルバムの写真を男に示して、説明する。

「ほら、これが、野球団の結成式のときの、おとうさん。右どなりの人は区長さん。ほら、これは、演説しているところ。こっちは始球式のときのおとうさん。なかなかいい男ぶりだわね」

最後に、主人が、大型の清朝活字の名刺を男に手渡した。

墨東少年野球連盟
行を更えて、
委員長　谷口将次

とあった。

男が交換した名刺の名を、あけみは、元木英夫、と読んだ。元木は谷口将次の名刺をもう一度眺めて、名刺入れに収めた。そのとき、彼の頰に浮んだ微笑を、あけみは見逃さなかった。

春子が望月と部屋へ退いたあと、元木はまだしばらく主人と雑談をつづけていたが、やがて居間を出て風呂場へ行った。あけみは、ふと、着物を脱ぐことにこだわっていない今夜の自分を感じた。

「あなたお上手ね、どうやら、御主人にもママさんにも気に入られたらしいわよ」

湯を熱くするため、電気のスイッチが入れられて、鈍い低いうなりが浴室に立ちこめていた。

「べつに、そんなつもりはない。これから、ここに通う気もないし、利害関係はないわけだからな。もっとも、君とはこれからだから、話は別だがね」

と、彼は、湯気の靄のむこうで薄笑いしながら、わざと無遠慮にあけみをじろじろ眺めた。湯槽から上ると、彼はとぼけたような口調で言った。

「風呂もいいが、あとで拭くのが面倒だな。犬みたいにブルッとからだをゆすぶっておしまいなら、いいんだが」

あけみは、その言葉を、何気なく好意をもって受けとめ、めずらしく笑い声をあげた。

元木英夫が、この街へ出かけてきたのは、同僚の望月五郎に誘われたためもあったが、一つには、昨日から彼の軀のうちに澱んでいる滓《おり》のようなものを、無くすことが出来るかもしれぬという気持も動いたからだ。

昨日の夕方……、元木英夫は、見合い、をしたのである。周囲のものが一向に結婚する様子のない彼のために、いつの間にか道具立てをしていて、彼が気付いたときは、ただ軀を動かしさえすればよくなっていたのだ。

彼は、皮肉な気持で出掛けた。見合いという事柄がひどく古めかしく思えたのと、そのくせ気晴らしになることなら何でも、早速行って見る自分自身にたいしての気持としてである。

しかし、見合いにもさすがに現代風のところがあって、気を利かせた人々の計らいで、間もなく、銀座裏のあるレストランに、彼と女は二人だけ残された。彼は、某大学教授の一人娘という、京人形にコケットリーをつけ加えたような女と、概ね、次のような会話を交した。

「なんだか、どうもへんなもんですね。これが、見合いというものですか」

「あら、そうでもありませんわよ。おつき合いの範囲だけでは、なかなか」

「ほう」

「ねえ、あなた、どうお思いになる？　電車の中などでご一緒になった全然知らないかたに、わたしの方から話しかけたら、へんでしょうかしら」

女は、まったく真面目に、熱っぽい、あどけないといってよい表情で、彼に訊ねた。

彼はまず、女の声の特殊なことに気がついた。それは、軽金属のような、非人間的な、例えていえばポパイのマンガ映画の声に似ていた。……それから、やっと彼は女の言葉の内容を理解して、彼女の顔をもう一度、まじまじと眺めた。

没個性的な、陶器のような肌の、小鼻のわきにうっすらと脂肪が白く浮いているのが眼にとまると、彼はなにか奇妙な機械を見たような、滑稽な、たのしげな、気楽な気持になって答えた。

「そうですね。その電車の男が僕だったら、喜ぶでしょうね。もし他の男だったら、不愉快なことですねえ、僕は、やきもちやきですからね」

女は、キョトンとしていた。彼は念のために、つけ加えてみた。

「つまり、あなたがとても美しいから、話しかけられた男は、みんな喜んでしまって、ヘンになんか思わないということですよ」

　すると女は、はじめて大輪の花のひらくように、あでやかに笑うのである。彼のうちに、いぶかしげな気持が起った。ふたたび女の全身を精しく見廻すと、なにか不調和な感じが彼女の全身を靄のように取巻いているのを見た。女は、軽い興奮状態を頰に示して、朱色に縦の黒い棒縞のある着物の膝で、ピンク色のレースの肩掛を無意識にもてあそびながら、元木英夫が気に入った様子だった。その肩掛は大正時代に流行したもので、今では時折、商売女の服装に見られるだけのものだ。その女の姿態には、軽い痴呆感があらわれていた。

「ねえ、外へ出て、映画でもみません」

　彼は、女の軽金属のような声を聞くのだった。それは、この香山瑠璃子という女の存在から完全に切り離された、単なる誘《いざな》いの言葉として、彼の意識に漾《ただよ》った。彼の掌は、女の声のひろがりの表面と裏面を、こまやかに撫でてみる。彼の意識は、アメーバの触手のように、彼女の方へ拡がってゆき、巨きな掌となって、香山瑠璃子という存在を撫でていた。

　彼女の皮膚の上を這ってゆく掌には、物質の感触があった。それが胸のふくらみに沿って降ってゆくときも、彼女の軀の輪郭に従って動いてゆくだけで、決して内部に拡がってゆくことはなかった。彼女の軀のうちで、たった一箇所、内側からの輝きを思わせるもの、それは人形めいた表情に、生物らしいアクセントを与えている二つの眼である。しかし、その瞳に浸透していった掌は、気がついたときには、彼女の心には降りてゆかず、そのまま女の、潤い湿り、無数の襞でかこまれた暗黒の部分に置かれているのを知る。

……そこは、やはり、女性の外部である。

そして、彼は、その眼のかがやきを、結局個性のない、動物的なものと知るのだ。そのとき、元木英夫は、この女を気に入っている自分に気がつくのだった。

気に入るということは愛することとは別のことである。愛することは、この世の中に自分の分身を一つ、持つことだ。それは、自分自身にたいしての、さまざまな顧慮が倍になることである。そこに、愛情の鮮烈さもあるのだろうが、怠惰な彼は、わずらわしさが倍になることとしてそれからわざと身を遠ざけていた。

だから、彼は、この女が気に入っている、ということ自体も、気に入った。と同時に、こんな錯雑した精神の操作をして、安逸な時間を持ちつづけようとする自己を、冷たい眼で見ていることにも、気づくのであった。

彼は、このような感情のやりくりには無縁と思われる、眼の前の女をあらためて眺めた。彼は、ふと、望月五郎の無駄話によく出てくる、春子という春婦との相似を思った。

しかし春子という女は、金銭の取引の枠のなかにいる女で、従ってまた、そのような疲れを軀に澱ませているだろう。だが、目前の女は、大切に保存された、やわらかい肌の美しい外貌を持っている。それは、周囲が彼女の人生のたった一回の取引、つまり結婚のために、気を配ってきたものだ。

春の霞のような、のどかな、うすくかすんだ軽い痴呆の趣き……、それを羨むという感傷は、元木英夫には持ち合せなかったので、彼は瑠璃子にたいして、次第に残虐な快感を予感していくのであった。

この女が軀を開くときは、きっと、原始的な叫び声をあげるに違いない、と彼は思った。しかし、この大切に取扱われている高価な商品を傷つけることによって生じる、いろいろなわずらわしさが、彼を躊らわせた。

その夜、二人は映画を観てから、彼は無事に女を家まで送りとどけた。彼は、皮肉で洒落た味のある外国映画を観ようと言ったが、彼女は、女の純情を主題にした、日本のメロドラマに固執して、彼は簡単に譲歩したのである。

瑠璃子と別れたあと、元木英夫のうちに滓が残り、それは、翌日になっても澄まないのである。

「きみ、どうしてここへ来たの」

元木英夫が、あけみに問いかけた言葉には、気の進まない響があった。

「どうして、そんなこと聞くの、悪趣味だわよ」

「え」

彼の眼に光が集って、視線をまともに、あけみの顔に投げてよこした。

「そうか、悪趣味か。それはほんとは、悪趣味なことは、僕にも分っている。だが、僕としてはサービスのつもりだったんだ、きみたち若い人にはね……」

あけみは、ちょっと戸惑った。彼は、説明した。

「それは、きみたちにも責任があるんだ。僕の知った範囲では、いまの質問をすると、待ってましたと、喋りはじめる女が多かったんだ。それこそ唇をしめしてから、喋りはじめるといった具合に……、戦災でひとりぽっちになってしまって、食べられなくなってしまったからとか、タイピストをしているとき、初恋に破れてやけになった。あるいは、妹がニュー・フェースにパスしたので自分が犠牲になって働いている。どれもこれも印で捺したようなものだ。そんなことが理由にならないということも分らない。それに、その上っつらの事柄だって、ほとんど嘘ばかりさ。自分達の過去を、それぞれの頭なりに、美しく悲しく作り上げている。みんな一つずつ物語をあたためているのだね。

それが彼女たちの夢なんだ。こうだったらよかった、せめてこんな具合だったらば……。だが、その夢をひろげて見させてあげるのは、悪いことじゃない。くだらないことだけど、それで、いっとき君たちの気がまぎれるというものだ」

「…………」

「僕は退屈なのを我慢して、聞かせてもらう。親切なものじゃないか。君は、どうやらすこし違うらしい。そうとなれば、尚更、悪趣味と分っていても聞かせてもらいたいな」

彼は冷たい眼をしていた。あけみたちを一週一度ずつ検診する医者の眼に似ていた。あけみの心はそれに反撥した。彼女は過去を彼にぶちつけてやりたいという心が動いた。過去は、目下のところ、あけみにとって一種のプライドの要素を含んで、心に在るのであった。

「空襲でみんななくなってしまったの。血縁の人も家も何もかも。これは本当のはなし。それまでは不自由なく暮していた。というのは、普通のお嬢さんと同じようにしていても、食べるのに困らなかったということ。それからは、タイピストもした。女中もした。堅気で食べられると思う仕事はなんでもしたわ。その度毎に男がからまってくるの。わたし、全部撥ねつけたのよ。これはほんとよ。ちょっとした思い出もあったし、それに、きっと気に入った人がいなかったからでしょうね。だけど、わたしの方で何でもなくても、結局そこには勤めていられないようになってしまうものだわ。……だけど、わたしには、男の心を唆るような、みだらなところがあるのかしら」

「いやそれは、きみが美人だというだけのことだよ」

あけみは、くすっと笑った。そして、おや、今夜のわたしは、陽気になっているわと、多弁になっている自分に、気がつくのだった。

「あたしは、だんだん疲れて来た。女ひとりで暮していくこと、容易じゃないわ。とっても疲れていたので、社交喫茶の女になったのかしら。他に、食べて行く方法を思いつかなかったのよ。だけど、とうとう我慢出来なくなってしまったの。男たちの眼つきが……、この女は、金でなんとかなるのかな。いくら位で、ついて来るかしら、という、あの舐めまわすような、疑りぶかい湿った眼。あたしは、その視線にがんじがらめにされてしまった。何処に居ても、どこを歩いていても、その眼がチリチリ皮膚に焼きつくのを感じていた。とうとう、わたし、ひどく疲れた鈍い神経の、底の方でイライラ湧き立っているところで、決心してしまった。いつも、そんな眼で見られているくらいなら、いっそはっきり、お金で女の買える街に行ってしまおう……」

「えらく思い切りがいいんだな。それにあまり精神的すぎる……、どうだかねえ」

「いえ、ほんとに、わたし、あのこと好きじゃない。快感なんて覚えないのよ」

女は、あらあらしく答え、「だから、いままでそのまま此処にいて、脱け出さないでいることが出来ているのかもしれないのよ」という言葉を呑み込んだ。

その言葉で、男は試すような眼になった。その奥に、挑戦する光が宿る。この女を抱こうと思っていた、元木英夫の考えが変っていく。

「…………」

「ほんと。ここへ来ることが、かえって滅茶滅茶になるもとだと分っていても、そうしてしまう、わたしの幼いころからの性格なんです」

喋りながら、その言葉の群は、あけみの心に媚びてくるものがあった。彼女は、ふと涙ぐんだ。

思い出が、どっと彼女の心におし寄せてくる。

……女学生時代、刺繍の宿題で、金絲銀絲をふんだんに使った、豪華な大輪の牡丹の模様が、繻子《しゅす》地《じ》の帯に九分通り出来上ったとき、あやまって取り落した湯呑茶碗の飛沫が、ごく僅かに帯地を黄色く染めてしまったことがあった。余程、注意して見なくては分らぬ程度のしみだったのに、裁物ばさみでずたずたにその丹精した作品を切りきざんでしまったこと。そのため、手芸は落第点になってしまったのであったが……。それから、もう一つ。可愛がっていた下級生が、他の上級生をうっかり、お姉さま、と呼んだときのこと。あの子のやわらかい頬に五本の指のあともなまなましく、掌形が残って、それっきり、絶縁になってしまったこと……。

甘い、ひりひりした気持が、胸にひろがっていくのを、あけみは感じていた。そのとき男の声がした。一瞬あいだを置いて、それが今夜の客、元木英夫の声ということを、彼女は知るのだった。

「きみとしては、それよりほかに、どうしようもなかったろうね」

なんとなく、なぐさめるような、生温い調子であった。甘美な気持は、そのときにはあけみの胸いっぱいにひろがっていた。

ハッと、気がつくと、いつの間にかあけみの裾から、彼の指がすべり込んで、巧みに動いていた。こまやかな、神経の尖端を探り出していく動き……。その指があけみの心を甘くしているのか、追憶がその心を甘くしたのか、すでに不分明だった。

あけみの皮膚の下、意識の下で、すでに十分実っている肉体が、次第に開こうとする。あけみの軀を、かるい鋭いおののきが、趾《あしゆび》のさきまでつたわった。意味をなさない微かな声が、歯のあいだから洩れていった。と男の指が、逃げていく。

烈しく、強く、男の顔を追ったあけみの眼には、自らの心を裏切って、媚があった。

彼のつめたい、確かめるような眼の底には、焔があった。それは、かるい皮肉な青い色をまわりに持って、はげしく燃えていた。それは又、彼がそのことから、交媾《こうこう》以上の快感を覚えているしるしでもあった。

あけみは、その眼を憎んだ。そして、この男を憎んでいる自分を感じていた。それは嫌悪ではなく、憎悪だった。厭《いと》わしい気持が、躯のあらゆる組織から血の引いていくような感を与えるとすれば、憎しみは、すべての組織を充血させる。すでに、甘美な気持のひろがっていたあけみの躯は、彼女の気持とは無関係に、いっそう燃え上っていった。いくら無関心になろうと務めても、躯はあけみの心を裏切った。

そのとき、元木が寝返りをうって彼女に背を向けると、眠そうな声で言った。

「僕は、もう眠るよ。おやすみ」

あけみは、自分の身が、罠にかかったように感じた。彼女は、歯の間から言葉をおし出すように、区切りながら強く言った。

「ひどい人」

彼はあけみの語調に、媚のまったく含まれていないのを聞きわけると、一瞬なにかに耐えている表情をした。彼はさりげなく、身をかわそうとした。

「いや、今夜はひどく酔っているんだ。男が酔いすぎたときは、どうなるか、君は知っている筈じゃないか」

「うそ、あなたは悪質なのよ。女の軀と心をからかって、楽しんでいるんだわ」

「しかし、結局のところ、君ばかりをからかっているのじゃない。君には分らないんだ。それは、悪いことらしいけれど……。だけど、君のような人が、ここにいることはひどく不幸なことだな」

彼はしばらく天井を見詰めていたが、次第に虚脱した気持になって行き、その間隙にほんとうに酔いがまわってきて、やがて眠りに落ちていった。

あけみは眼が冴えてしまった。傍には、数時間まえ、はじめて会った男が同じ布団で眠っている。それが、にわかに奇妙なことに思われたりした。「いや、それは不思議なことではない。それがつまり、『ここにいること』なのだ。それよりも奇妙なのは、この隣に寝ている男にたいして、この数時間のあいだに感情の起伏を持ったことだ。何故かしらないが、好意を持ったこともあった。あれは、どんなときだったかしら、そう、『風呂もいいが、あとで拭くのが面倒だな……』どうしてあんな言葉が気に入ったのかしら……私の心の隅に潜んでいる、どうにもならない怠惰な気持がくすぐられた……、そして、『ここにいること』……、それしか、生きていく方法がないものか……」

そのとき、ピシッと皮膚がなにかしなやかなものに烈しく打つかるような音のあとで、嗄れた泣き声とも笑い声ともつかぬ、かすかな物音がひびいてきた。隣はみどりの部屋である。

いつか、みどりがあけみに告げたことがあった。「森山さん、ちょっと変態なのよ、柱にしばりつけて、ぶつのよ」みどりは、そのとき、あどけない、人形のような顔で喋っていた。

クッ、クッと喉の奥から押しだされるような声が、壁をへだててふたたび響いてくる。骨格をやわらかな脂肪がすっかり包みかくし、その上から筋肉が置かれてあるように、摑んだ男の掌にけっして骨を感じさせない軀。青味を帯びて、濡れて光る白眼。みどりは、結局は男たちに可愛がられるため、ただそれだけのために生れてきたような女だ。鞭を女の軀に加える男。女の手に、鞭を握らせる男。この街の数多くの密室のなかで、男たちは、それぞれの形で、直接にあるいは持ってまわった方法で、快楽をかすめとろうとしている、そして、相手の娼婦たちも、何十パーセントかの割合で、芝居ではなく喉の奥からかすれた声を押し出している。

世界全体では、三十秒に一人の割で、この世に新しい生命が誕生しているという。そのためには、そのような夜はこの娼婦の街にだけおとずれているわけではない。

あけみは、疲れていた。まとまった考えは彼女の頭から逃げていった。傍に眠っている男にたいしての、憎しみの気持だけ尾をひいて残っていた。隣室の気配から、厭悪の情の起るのをあけみは待った。しかしそれは来なかった。「みどりは楽しんでいる……。この元木という男もたのしんでいる……」靄のかかった頭の隅で考えた。彼女は憎んでいるつもりだった。あけみの軀だけが醒めていた。厭悪の情は来ない。違った方向に、勝手に軀だけすすんでいく。

彼女の軀は、だんだん外側に開いてゆく。すっかり潤ってしまう。あけみは、彼女を裏切った軀をきわめて事務的に処理しようとして、ゆるやかに、やがて烈しく身をもだえた。ぐんぐん上昇していった波が、やがてゆるやかな勾配を描いて下降してゆくとき、ふと彼女は、その間ずっと彼女の視線が、傍の男の上にとどまっていたことに気付いた。しかし、あけみは気付かなかった。彼女のうちで、何ものかが毀れたこと、そして、なにかが生れたことを。

娼婦の自瀆行為。その異常さを、そのときあけみが気付かなかったと同じに……。あけみは、そのまま深い眠りに、ひき込まれていった。

夢のなかでは、人は感性がその触手をひらひらと一ぱいに拡げ、理性はその背後にやや後退するものとみえる。夢のなかで、素敵に面白く感じた事柄も、醒めてから考え直してみると、とりとめもない詰らぬことだった例など、屢々あるものだ。

この迷路の街では、人は夢の中に似た状態に置かれるらしい。街一ぱいにあふれた、どぎつい色彩に描き出された感覚に、丁度いそぎんちゃくの触手のように軀のまわりを覆われた人々は、うねうね曲った迷路に沿って流れゆき、両側に設《しつ》らわれた網のなかに捉えられる。魚を捉える網は、海底の潮流の曲る角に装置されるのだが、この街で人々は、側面に点線状感覚器をもつ魚類に似た存在になるのか、街の中程の曲り角の店が、最も多くの客を捉えることが出来る。

三つ目の曲り角に位置している特殊喫茶ヴィナスが繁昌するのは、そのためもあった。女たちは、よく稼いだ。ＭＥＮＳＥＳのときでも、綿塊を奥へ容れて、客を取った。その期間の接触に、かえって鋭い快感を覚えている女たちもあったが、このようなところに、解放されたと言われている、この街の裏面が覗われるのである。現在では、彼女たちは、特殊喫茶の女給という身分である。だが、定期的の検診は、昔どおり行われているし、稼ぎの悪い女たちは、店主から良い顔をされない。その店が支店である場合には、その店の責任者の地位にある女が、本店の主人から睨まれるということになる。女たちは、新しくこしらえる着物のためや、時折患う病気のためや、何かしらのことで、いつも幾らかの借金を負っていることが多く、やはり女たちは豊かになる暇がないように出来上っている。

しかし、この街を脱け出ようと決心すれば、或る期間の努力で借金を精算して、自由な身になることは可能なことである。あるいは、小金を持っている男が付いて、所謂、落籍《うけ》だされる場合もある。しかし、この街から連れ出して女に家を持たせたとき、殆どの場合、女に悪質の男が幾人か出来ていて、この女を養って行くためには、落籍した男の胸算用より数倍の金額がかかることになってしまう。やがて、その負担に耐えられなくなった男が手を退く。そのときの女は、素人の女としての位置におかれているわけだ。しかし、殆どの女たちは、ずるずるともとの街、或はそれに類する生活形態にもどっていってしまうのだ。

この街の女たちの意識が、この街の範囲を、つまり、軀を売って食べてゆくという生活の様式を、出ることがないならば、それは、解放とか束縛とかいう言葉とは何の関係もないのである。……そこで、この女たちの意識を再構成しようと努力した、理想に燃える男たちの物語については、幾多の他の作品に拠られたい。

翌る日、最初の客を、あけみは下からいつものように遠い眼で眺めていた。男は、隆々とした逞しい筋肉で、赤銅色の皮膚に潮の香がしみ付いていた。四十年配で、水夫らしかった。彼女は軀を開いて、男の嵐の鎮まってゆくのを無感動に待っていた。

そのとき、異変が起ったのだ。昨夜とおなじ戦慄が、あけみの軀を掠め去っていったのである。

それが、軀全体に拡がった軽い痙攣にまで昂まって去っていったあと、彼女はふたたび遠い眼で男の顔を見ている自分を見出すのだった。

男は、厚ぼったい皮膚の底から、鈍い表情を浮び上らせて、満悦の意味の下卑た言葉を、深い息と一緒に吐き出した。

そこで、あけみは、自分の軀が激しい反応を示したことを、はっきり知った。そのとき、彼女の皮膚に迫って感じたのは、傍の男ではなく、昨夜の男の冷たい光をもやしている眼だった。彼女は、昨夜の二倍もその顔を憎んだ。

あけみは、いま、自分が新しい位置に置かれたのを知るのであった。


この感覚を惹き起すための、肉体の準備は既にあけみのうちに出来ていたのである。精神よりその発育がやや遅れていた彼女の軀は、皮肉にも、この街での日々のうちに、次第に実っていた。それに、彼女は気付いていなかった。ただ、ちょっとしたきっかけが必要だったのである。或る種の化合物の飽和点に達している水溶液に、一片の結晶を投げ込むと、たちまち溶液全体が結晶に変ずる、あの化学現象のように……。

その一片の結晶の役目を果したのが、計らずも、元木英夫だったわけである。

あけみは、この街へ来てから、どの客にもかならずゴム製品を用いさせた。男がそれを装うまでは、決して許そうとはしなかった。時折、小さないさかいが起ることがあった。しかし、概ね、客はこの素人くさい貌をした女との争い自体に愉しみを覚えたあと、彼女の言うとおりになった。あまりに執拗な客には、大きな声を挙げるくらいの自由は、与えられている。そんな場合、この店の主人は、あけみが客の言うなりにならないことを叱るより、そのようなあけみの素人っぽさを強調する方が得だと、計算していたのである。

それは、病気の予防のためもあったが、そのほかに、あけみにとって、そのゴムの薄い膜で、直接の接触を避けることが、はかない慰めともなっていた。

しかし、その夜以来、事情は同じではなくなった。

一日、すくなくとも一度は、自分の軀が輪郭のはっきりしない、原形質のようなものに変貌して、しねしねと彼女の上にいる見知らぬ男の方へ、蠢動《しゅんどう》しつつにじり寄ってゆくのを、あけみは感じはじめた。

ゴムの膜の置かれてある暗い部分から、ゆるやかに軀が裏返されてゆき、自らが無数の襞に覆われた、えたいの知れぬ陰湿な物体となって、男の軀に吸い付いてゆくのをあけみは覚えるのである。

幾分間、あるいは何十分以前に、はじめて会った男たち、まったく愛情を感じない相手。金を支払って自分を買った男、という意識が邪魔をして、好意さえ持つことの出来ない相手との接触……。しかも軀だけがあけみの心に逆らって反応してゆく……。そのことが、自分をそんな不快なえたいの知れぬものに変えてゆくということを、あけみは感じていた。

そんな状態に追い込まれてしまった自分を、あけみは嫌悪し、そのきっかけを作った元木英夫という男が、そのようなとき必ず彼女の脳裏に浮ぶのである。

あけみは、このころになって、やっと、自分の置かれている位置が娼婦というものであることを、身に沁みて覚えた。彼女はこの街から出ることを、はじめて考えた。しかし、彼女にもやはりこの数ヵ月の間に、幾許かの借金が出来ていた。その金は半月ばかりで、作れる見込みだった。

今ではもはや、ゴムの膜は、あけみにとって何の役にも立たぬものとなった。それどころか、それはベタベタした不潔な物質感をもって、彼女に触れてくる。

あけみは、それを使うことを、厭うようになった。

しかし、半月ばかり後、彼女は尿道に痛みを覚えた。それはかなり悪質のトリッペルだったが、現在は、病気が彼女たちの物語の主役をつとめる時代ではない。あけみの場合も、簡単にというわけにはいかなかったが、数本のペニシリン注射で癒ったのである。……しかし、それに費した金と病気のために働けなかった期間のために、あけみの決心が実現する日は、やや遅れるのであった。

ふたたび、彼女は、いまでは不快となった器具を用いるようになった。ただ、病気を避けるためだけのこととして……。

一方、元木英夫があけみの脳裏に浮びあがることは、続いていた。しばらくの期間は、元木にたいする憎しみの想いは、軀の快感と同時に、あけみのうちに在ることが出来た。しかし、やがて彼女は、その憎しみの念が自分に向っての刺戟となって、軀の快感の振幅を拡げることに役立っているのに、気付くのであった。

もはや、このときは、それは憎悪の意味を失っていた。というより、あけみは、それによって、憎悪と嫌厭との間の溝をおぼろげに知るのであった。

あけみは、見知らぬ男の下に身を横たえ、眼のまえに大きく拡がってゆく、元木英夫の幻影を見詰めながら、ただ凝ッと見据えながら、目眩《めくる》めく閃光に似たものが趾のさきから顱頂《ろちょう》まで過ぎてゆくのを、感じているのだった。

いまでは、元木の幻影は、見知らぬ男と彼女との間を遮る、薄く透明で強靭な壁となっていた。

彼の顔は、あけみにとって、それが必要であった頃の意味のゴム製品であった。一日のうちの極く短い、しかも最も緊迫した幾分間のあいだ、あけみは彼の幻影にすがっていたのだ。

あの初夏の日以降、望月五郎はときどき春子のところへ来ていた。いや、それは正確な言い方ではない、一度、春子が他の客を取っていて知らない間に、彼がみどりの部屋に上ったことを、あけみは知っていた……。しかし元木英夫は姿を見せなかった。

或る夜、望月が例のごとく主人の居間で酒を呑み、傍の春子に、モーターボートの舳に立っているところの写真を撮す約束を、はやく実現することをせがまれているとき、あけみは声をかけてしまった。

「元木さんていうかた、どうしていらっしゃるの」

「ああ、あいつは近頃大分いそがしそうな様子だよ」

あけみは、望月の顔に浮んだ意味ありげな笑いに、気づかずに言葉を続けた。

「今度、一緒にお連れして下さらない、もう一度、おいでになるように、おことづけして頂戴」

あけみにとって、元木英夫は、気がかりな、もう一度会ってみたい人物になっていたのだ。


あけみの伝言は、望月五郎の顔に浮んだ、「よう、色男」とでも言うような薄笑いとともに、元木英夫につたわっていった。

彼は、女の顔の荒《すさ》んだ美しさを思い浮べていた。あれからもう一ヵ月になる。従って、香山瑠璃子のことも、一ヵ月になるわけだった。彼女とは、以来、ずるずる交渉を続け、いまでは、許婚のかたちになっていた。彼は、瑠璃子のかるい痴呆めいた美しさも、思ってみた。すると、彼の裡に錯覚が起る。……迷路の街で、瑠璃子という女と毎夜を過している自分への、どこか別の世界からの伝言のように、彼はあけみの言葉をふと感じるのである。

彼はあけみという女を、もっとはっきり思い返そうとしたとき、望月が秘密めかして、耳許にささやく声に遮られた。

「おい、俺は断然、乗り替えるぞ。みどりっていう女だ。こいつはすてきだ。春子はやめだ……。おい、こいつはなかなかのインテリでな、それに、ちょっとばかり変態なんだ。おれは参ったよ。春子にセーターなんか買ってやって、モッタイないみたいなもんだ」

「セーター」という言葉で、元木英夫は思い出した。望月が、春子の写真を撮って、雑誌の表紙にすると約束していたこと……。それを聞いたときの、春子という女の、憧憬にちかい瞳だけ、ぽっかり元木英夫のまえに浮んできた。

「それは、それで結構だよ。だけど、例の表紙の写真の件はどうした」

「あれか、あんなことは、もうとりやめさ、あたりまえじゃないか」

「そいつはいけない、まるで子供が遠足に行く前の晩みたいな眼つきをして、待っていたんじゃないか……」

と、言いかけて、彼は口を噤《つぐ》んだ。望月五郎とその女のことに、ムキになりかかっている自分に気付いて、なにか滑稽な気持になったのだ。「すこし調子が外れている」と、自分のうちで勝手に跳ね上った心を眺めて、元木英夫は苦笑した。

元木英夫が香山瑠璃子と見合いをして、軀に澱んだ滓を散らそうと、望月五郎と一緒に訪れた街で、彼はあけみという女を買い、心理のうえのアクロバティークな快感に満足して戻ってきて、瑠璃子のことを思い浮べると、かえって歪んだ情欲が投影されてくるのだった。

数日後、あいだに立っていた知人が、元木英夫の会社を訪れてくると、申訳けなさそうな顔をして言った。

「どうも、芳しくないんだ。先方では文句はないんだが、……香山瑠璃子嬢の身辺調査を頼んどいたのが、届いたんだがね。近所の噂では、どうやら、その〝色きちがい〟みたいなところがあるというんだがねえ。なに、べつに、具体的な事実がどうこうというわけじゃなくて、ただ、戦争中からあんまり派手な恰好をして頻繁に出歩くのと、それから、ちょっと素人の娘に見えない色っぽさが、たたっているらしいんだがね……」

彼は、苦笑して、答えた。

「なるほど、だが僕はそんなことは気にかけないよ」

そこで、元木英夫と香山瑠璃子は許婚関係ということになった。

会社の終る五時から、九時過ぎまでの交際は、許婚の男女としては不自然なものではなかった。彼等は、頻繁に逢った。

話題は瑠璃子が提供した。彼は、もっぱら聞き役にまわった。この二人の許婚者のあいだの話題は奇妙なもので、彼女は、自分の初恋の男のことを、詳細に、くりかえして語るのだ。

彼がどんなに純一な男だったか。彼と彼女の恋がどんなに清純なものであったか。彼が東大の法科を出た秀才で、海軍の予備士官となり、戦艦大和に乗組んで、どんなに悲愴な最期を遂げたか。彼女が、どれほどまで、彼に魂を奪われつづけているか。

彼女の頰は次第に紅潮し、瞳はうるんでゆき、息使いを荒くして言う。

「それでね、あの人が出征するとき、わたしにこう言ったのよ。『僕が死んだら、るりはどんな男と一緒になるだろう、僕の魂はいつでも、とどまって、じっと見守っているよ。だから、どうか僕よりくだらない男とは結婚しないでね』」

彼は、苦笑ばかりしているわけではなかった。彼女の語る純情な初恋物語を聞いて、瑠璃子とその男との交渉にたいする興味が、すでに彼の心に投影されている歪められた情欲を、決定的なものにしていった……。

はじめ、彼は、この女が軀を開くときに、原始的な叫び声を予想していた。

だが、それは彼が謬っていた。瑠璃子は、予備海軍士官の教えこんだ、特殊で露骨な言葉を、執拗に叫んだ。

それから後も、彼女の純愛物語は繰返された。

彼は親切に丁重に彼女の一語々々にうなずきかえし、やがて親切丁寧にその衣裳を脱がし、そして何気なく、気づかぬように、女の唇から洩れる歓語を、彼の趣味に合うように、修正してやる。

幾回聞かされても、その純愛物語は、彼の記憶のなかでいたるところ落丁だらけであったが、瑠璃子の髪の匂い、唇の匂い、皮膚の匂いはたちまち覚えてしまうのだった。

元木英夫は、香山瑠璃子を珍しい玩具をとり扱うように操作していた。丁重にとり扱えば扱うほど、彼は自分たち二人を、大きな侮辱のなかに投げ込んでいるような思いに捉われるのだ。そして、そのことから、彼は刺戟を覚え、気を紛らわしていた。彼はそのことを、はっきり意識していて、そのような自分が、なんとも憂鬱で、軽蔑したくなるのだった。


季節は夏に向った。香山瑠璃子は、白いレースのついた真紅のサテンのワンピースに、幅のひろいビロードのベルトを胴に結び、とき色のパラソルをさして内股に歩いた。彼は灰色の開襟シャツの、目立たぬ服装を選んで、女とつれ立って街を歩いたりした。

街路樹の公孫樹の葉は、光を透さない厚さとなり、濃い緑で吹く風にパリパリと乾いた音で鳴った。

元木英夫が、あけみの伝言を受けてから数日後、望月五郎が薄ら笑いを浮べた親しさで、彼に話しかけた。

「おい、今度の日曜、例のところへつき合ないか。すこしは、俗世間の塵を払いにゆくものだ」

と、暗に、瑠璃子とのことをひやかす口調だった。

「それから、ちょっと廻り道をしなくちゃいかんから、午後から一緒に行ってくれると、都合が良いんだが……」

「明るいうちから、なにを始めようというのだい」

「いや、例の春子の件が、のっぴきならなくなってしまったんだ。ほら、あの『船』の表紙写真のことだよ。……いや、俺がみどりを抱いたことが、とうとうバレちまってね。なーに、春子にとって金蔓になる客ってわけでもないんだから、縁が切れても構やしないものの、やはり、同じ店の女を買うってのは、仁義にもとることになるからな。俺としても、少々負目が出来たというわけさ。それで、春子が言うには、あの写真の件さえ果してくれたなら、もうみどりのことは怒らないってわけだ。それにな、実は、みどりが目下病気閉店中なんで、俺も些かご退屈という次第なのさ」

「それは、それで結構だが、『船』の表紙に載せられるかな」

「君は案外、正直だねえ。あんな一般の目につかない業界誌だから、載ることになっていたけど、金詰りで休刊に相成った、渡してあった写真は、先方で行方不明にしちまった、悪しからず、という次第で、空の写真機でパチリというわけさ」

「おい、それはいかん、君、それは、いけないよ」

と、元木は思わず手を振った。

「君、それは可哀そうだ。せめて、写真だけでもやった方がいい」

「なーに、知らぬが仏さ。だいたい、フィルムを買ったり、現像させたり、面倒くさくてかなわない。空の写真機でパチリ、と、こいつは、いい思いつきだ」

元木英夫が、はげしく手を振ったのは、その写真撮影のときの情景が、なまなましく眼に浮んだからである。

春子にとっては、自分の姿が美しく着色されて、雑誌の表紙を飾り、そのことが、この街の女たちのあいだで噂され、さらにクローズアップされた自分が、外の世界へもばら撒かれてゆくことは、なんと胸の躍る事柄であろう。……春子は、一番よい衣裳で身を飾り、何時間もかかって化粧し、時間をかけて顔をいじくれば、それだけ却って娼婦らしい外貌となってゆくことには、勿論気付かず、いそいそとして、写真機の前に立つ。シャッターの押れる瞬間、彼女は緊張のあまり、ややこわばった笑顔で顔を覆われ、そのまま脱《はず》してもってゆける仮面のように、しばらくその顔にとどまっている……、やがて、吻ッとした深い安堵と充足感が、軀のすみずみまで行きわたり、筋肉がほぐれて、望月五郎にたいする感謝の気持が、わき上ってくる。

しかし、フイルムは入っていない……。

この情景は、たとえ春子には知られないにしろ、元木英夫には耐えられないのである。この残酷さが（それを、望月五郎は気付いていないし、又、気にとめようともしないのであるが……）、元木自身の心の裡で、十分練り上げられ、彼から発して春子に向ったものならば、彼は容易に耐えるであろう。しかし、傍観者としての彼は、それには耐えられないのであった。

そのことは、元木英夫の感受性の鋭さであっても、優しさではない。それは、結局のところ自分自身に向けられたものであって、一種のエゴイズムにすぎない。

彼は、その事柄に偏執的にこだわってゆく、自分を感じていた。その気持を救うために、彼はある思いつきに、行きあたった。彼は、答えた。

「それも、よかろうよ。それじゃ、日曜にはお伴することにしよう」

言ってしまうと、彼はもう、相手とは何ひとつ話題のないのに気付いて、手持無沙汰になってしまうのである。

元木英夫と望月五郎は、麻雀の打合せとか、悪事の相談とかのときには、いきいきと会話が弾むのであったが、それが済んでしまうと、沈黙がやって来て、お互に「退屈な奴だ」「つまらん男だ」「とても出世の見込みのないやつだ」などと、夫々《それぞれ》の言葉を心のうちに呟いて、軽蔑したり、うんざりしたりするのだった。

元木英夫は、相手の血色のよい脂ぎった、自信ありげに充足した顔つきを眺めながら、気重く、憂鬱になっていた。こんなときは、かならず彼の高等学校時代の二人の友人を、思い出すのである……。

それは、まだ戦争中のことで、文科にいた彼は、同じ級のこの二人と最も親しくしていた。話題も共通していたし、お互に夫々の才能を認め合っていた。当時、彼の年頃の文科生は、遅くとも大学在学中には、軍隊へ行かなくてはならなかった。そこで、二人の友人は、卒業したら長崎の医科大学に進むことに決めた。そのころは、文科生の医科への方向転換が認められ、医科生になれば学徒出陣を免れることになっていた。彼も、二人の友人と同じ考えで、軍隊へ行くのはすべての点でいやだった。

この友人達と彼との関係からしても、彼は当然、一緒に長崎へ行ってる筈だった。しかし、彼は東京の大学の文科へ進んでしまった。

その理由は、ごく簡単なことだった。彼には、そのときひどい混雑の汽車に乗って、長崎までの一昼夜半を過さねばならぬことが、他のどんなことよりも、億劫だったからである……。

敗戦の数日前、広島につづいての二発目の原子爆弾が、長崎上空で炸裂して、市街の大半が一瞬にして壊滅した。長崎医科大学の教室では、講義中の様子そのままに、教授も生徒たちも、椅子に坐ったままの黒焦げの死体となって並んでいた。

友人たちの下宿は、崩壊はしたが、死人はなかった。しかし、なまけものである筈の彼等は、この日に限って講義に出席していたのである。

そして、元木英夫は生きている。戦争と戦争でない状態を分ける数日間が、彼と二人の友人を生者と死者に分ける境であったこと、……そのことに、彼は特別の意味を与えて考えようとはしなかった。彼等を痛切に哀惜する気持は、自分が生きているから起るのであって、生死そのものは、単なる現象として眺めているだけであった……。

そんな思いから、彼は重い疲労に襲われ、徒労の感じを覚えながら、暗い気持になってゆく。その一方、生活してゆく金を取れるだけの勤務は果し、時折は良心に咎めず、法律に触れない範囲において、金を儲けて、一度にそれを費ったりして、生きているのであった。

次の日曜の午後、望月と春子と元木の三人は、言問橋の下からモーターボートに乗って隅田川を海へ向って下っていった。

低いモーターの機関の音が、すれ違う蒸気船の、ポンポンという破裂音とからみ合って、かるやかに、晴れた空へ消えてゆき、春子の頭髪をつつんだ水玉模様のネッカチーフが、華やかな色を風に飜えした。しかし、澱んだ水の饐《す》えた臭いは、あたり一面、ただよっていた。

この派手な色彩の一行を見つけて、岸に沿ってなにか叫びながら走ったりする浮浪児に、すっかり陽気になって燥《はしゃ》いでいる春子は、キャラメルの粒を、キャッキャッ声をたてて投げあたえたりした。

元木英夫は、女の無神経さに腹を立てながら、舳に佇んで肩から下げたフイルムの入った彼自身の写真機を、片手で押えていた。

彼は、空の写真機を向けている望月五郎の横で、素早く春子の姿態をフイルムに収めてやろうと思っているのだ。

その夕方、彼は望月が執拗に誘うのを断った。瑠璃子と会う約束が、予め作られてあった。銀座裏の約束の場所へ向って、地下鉄に乗っているあいだ、彼は望月の後からあの街へ急いでいる錯覚に捉われていた。最近では、瑠璃子は全身で彼が気に入っている様子であった。この数日、彼女が初恋の男のことを話さないのに、彼は気付いていた。それは、ふたたび白い色に戻った彼女の全体が、相手の男の好む色に染められるのを待っている姿と見えた。夜店で売っている何度でも使える画板……、白いセルロイドの面にマッチの軸木などで描いた画や文字が、そのセルロイドの下のボール板を動かして、又もとの位置に戻すことによって、拭い去るように消えてもとの白い面となるあの玩具……、それを眺めているような感も、そこには在る。軽い痴呆感に覆われた、純情な女の姿……。あの見合いの日、彼女の前に現れた男が、他の人物であったとしても、ただ彼女の話を親切に訊いてやり、次に、その軀を奪う行為さえ持ったなら、瑠璃子はやはり同じ経緯を辿るだろう、と元木英夫は考える……。

その夜の瑠璃子の眼には、元木英夫の望む色彩に自分を染め上げてゆこうと願う、鮮烈な光があった。彼は、その眼とその奥にある薄い膜に覆われた内部とが、気に入る。……それは彼の趣味性を、くすぐるのである。一方、望月五郎の伝言があってから、そんな場合、あけみという女を瑠璃子と対蹠的な存在として思い浮べるのだった。しかし実際のあけみの姿を描こうとすると、漠然とした形しか備えていないのに、気が付くのである。

彼は、春子の写真を届けかたがた、一人であの街へ行き、あけみという女に会ってみようと思った。

鏡に向って、あけみは顔を映してみる。いつもの癖で、歯で下唇をちょっとしごいてから、口紅の色を選ぶ。しかし、このごろでは、橙色の種類を手にすることに、ためらいを覚えるようになった。

毎日、眺めているものの変化は、なかなか眼に留り難いものである。あけみは、男たちの下で、痙攣し、かすかな声を洩らしはじめて以来、自分の貌が徐々に変りはじめて、いまでは、もうはっきりと娼婦の顔になってしまったのではないか、という不安に捉われるのである。

以前は、橙色の口紅をつけた唇と、蒼ざめた皮膚の対照から、わざと娼婦らしい効果を認めて、自虐的な気持をもったものであったが、それは自分の貌のニュアンスについて自信を持てたころの、はかない遊戯であったのだ。

あけみは、むかし、拾って来たまっ黒い小猫が、数ヵ月のあいだに二倍ちかくの大きさになったことを、他から言われて、その事柄をはっきり事実として納得するのに、暫く惑ったことを思い出したりした。

そのような不安が、彼女にこの街を出てゆく決心をふと鈍らせる。すると、その不安に反撥する気持も起ることがあった。人は、追いこまれた立場から、脱け出ることも考えるが、又その立場を意味づけることも考えるものだ。

「此処から外の社会に出て、あけみという呼び名からもとの魚谷はな子に戻り、めでたく結婚して苗字が変り、さてそれからずっと一人の男に縛られるのも、この街で多くの男に縛られているのも、結局のところ、同じことではないかしら……」

元木英夫のことが、浮んで、消えた。彼女は、ふん、といった意地悪い顔をして考える。

「好きな人が出来たとしても、そんな気持はどれだけ続くか分ったものじゃなし、それからまたお金がなくなって……」

元木英夫の影像と、この考えとの連関については、あけみは気付かない。

外れの部屋で、流行のメロディを口ずさむ春子の声、隣の室のみどりの含み笑い……。

あけみは、次第に気分の衰えを、覚えてゆく……。

あけみは、不安と、それにたいする反撥の二つの感情のあいだを、揺れ動き、いつもいずれかの一つに偏執的に捉われるようになった。しかし、いずれにしても、彼女の心は、あるいは衰え、あるいは脆くなっているのであった。

衰え、脆くなった心の状態は、ある事柄に反応する場合、その振幅を度外れて大きくしたり、狂った動き方をし易くなりがちのものだ。

そんな状態で、あけみは元木英夫を迎えたのである。だから、彼が、

「実は、今日は頼まれた用事もあったのでね……」

と、弁解めいた口調で、春子の写真をあけみに差出し、

「望月が、このところ忙しくて来られないから、僕がことずかってきたんだ。例の表紙の写真なんだが、どうも不景気で雑誌の方は休刊になるらしいので、表紙の件ははっきり言えないが、ともかくこの写真を届けてくれ、と頼まれたから君から渡してあげてくれたまえ」

という言葉を聞いたとき、あけみは自分の瞳が涙で潤ってゆくのを感じるのだった。

……彼女は望月五郎がフィルムの入っていない写真機で、春子を撮したことを、みどりから聞いて知っていた。望月が、みどりの歓心を買う意味を含めて、むしろ得意げに、手柄話のような語調で、寝物語に喋ったのである。そのことを告げるみどりの話にも、いい気味だというような響きがあったが、あけみはそれを重い気持で聞いた。その侮辱が、自分の身にまで及ぶ思いだった。

従って、元木英夫の差出した写真を見て、一瞬とまどったが、すぐに彼の言葉の嘘に気付いた。

　気がかりな人物に会えたということも、彼女の気持を弛めていた。あけみは、思いやり深い心に触れる思いがして、それが彼女の脆くなっている心を擽《くすぐ》ったのである。涙は、もとの心に復してからも、それだけ別の生理に属しているように、とめどなく滲み出て来た。あけみは、元木英夫という男を前にして、むしろ戸惑いながら、言った。

「あなたは、やさしい方ね。わたし、知っているのよ。このまえの日曜のこと。みどりさんに、望月さんの写真機のこと、聞きましたわ」

　彼は、この言葉を、見当違いのもののように聞いた。自分の気分を守るために、他人の馴染だった女の姿を撮影し、現像させ、さらにわざわざ此処まで持って来ている自分自身の姿が、この「やさしい」という言葉によって彼の眼の前に今更のように浮び上り、腹立たしい気分になるのだった。

　女性の泣く姿は、一種刺戟的な風情のあるものだ。彼は長い睫毛が濡れて黒く閃めいている、涙の滲んだ女の瞳を美しいと思って眺めた。同時に、その涙につながる女の心を、やはり平凡な、あたりまえの女であったか、と見てしまう。そのとき、彼の前に在るのは、涙ぐんでいる美しい娼婦であった。そして、記憶のなかにあった女の、にわかの変貌と、その姿態が彼を刺戟した。彼はあけみを抱こうとするのだった。

あけみの涙は、実に、場違いな位置に身を置いてしまった人間の、苦しみの積みかさなって溢れ出たものと、結局においては言えるのであったのだが……。


あけみの習慣として、元木英夫の姿を思い浮べ、その幻影に縋ろうとして、相手の男が他ならぬ元木自身であることに、今更のように気づいた。そのとき、彼女と男のあいだの膜、つまり彼女の快感と相手の男の軀を遮るものが、取除かれ、あけみの軀は相手に直接溶け入って、燃えてゆく。

成熟した女の、長いあいだ内に潜められた恋慕の情が、思い叶って滾々《こんこん》と相手に降りそそいでゆくときに、そのあけみの状態は、はからずも似てしまったのだ。

そのとき、全身に行き亙った感覚を、彼女はなにかたしかなもののように、自分の心に手繰り寄せ、抱き締めてみるのである。


七月も末に近づき、極東の情勢の影響で、沈滞気味だった海運界も、かなり多忙になってきた。元木や望月の汽船会社は、このときに丁度、某造船所に依頼してあった八千五百噸の貨物船が竣工して、そのレセプションを芝浦で行い、各方面の人たちを招待することになった。

招待日が迫って、元木英夫は接待役に選ばれたため、雑務多忙であった。

香山瑠璃子は、接待係の徽しとして、クリーム色の大きな薔薇の造花を胸に飾る、未来の夫の姿を見んものと、当日を待ち遠しがり、「ぜひ、お母さまも一緒にひっぱってゆくことよ」と燥いでいた。

元木英夫は、赤いリボンの垂れ下った、その莫迦げて華やかな造花に、いささか辟易の態であった。

望月五郎は、さすがの彼も今度はひどく閉口していた。というのは例の娼家の居間で、このレセプションの華やかさを話題にして、酔った挙句の調子の良さで、当日は是非とも御来駕を……、と口をすべらせたため、主人以下、特殊喫茶従業婦全員の招待を、余儀なくされてしまったのである。

主人は、過日の少年野球連盟結成式のとき着用したモーニングを、虫干しさせて、当日に備えていたし、女たちもそれぞれピクニックに出かける小学生のようなはしゃぎかたで、特別派手な衣裳を、あれこれと選んでいた。

あけみは悩んでいた。暫く忘れていた、自分の外貌の変化についての気懸りが、ふたたびはげしく頭をもたげ、その心を不安にした。万国旗をマストからマストへ張った紐に飾った、新造船の甲板上で、外の世界の人たちに混った彼女の姿に向けたときの、元木英夫の眼にあらわれる表情……、その一点にあけみの心はするどく懸っていた。彼女はためらった。しかし、やがて彼と過した先日の一夜の記憶が、あの全身に行きわたったたしかさに惹かれる気持が、不安を圧し去るのだった。

それは、つまるところ、元木英夫にたいする、あけみの慕情のはげしさと言えた。

望月五郎が、元木英夫に苦わらいとともに言った。

「今回ばかりは、よろしく頼むよ。衆人環視のなかで、あらッゴロさん、なんて黄色い声をかけられちゃ、たまらんからな。それが君、窈窕《ようちょう》たる美女ならともかく、やっぱり彼女たちは一目瞭然、それと分るからなあ。出世のさまたげだよ」

「それは残念。君が先頭に立って、モーニングのおやじさん、ママさん、みどり嬢、春子嬢、以下数名を引率して、威風堂々行進する姿が見られるものと、楽しみにしていたのになあ」

「チェッ、冗談じゃない」

「だが、俺に声がかかるなんてことはないかな。縁談のさまたげになる」

「君は、馴染というほどじゃないから、大丈夫だ。まあせいぜい、おやじさんが、しかつめらしい顔で、会釈する程度だから。もっとも、あけみという女が大分熱をあげているらしいが、あの女は内気《こ》だから、はしたない真似はしないよ。なーに、会社の行きつけの料理屋の連中ということで、誤魔化せばいいさ。どうも、近頃は品が落ちていて困るとか、なんとか……」

「ひとのことだと思って、かんたんに考えるな」

元木英夫は、この前の交渉以来、あけみという女についての好奇心が消えていたので、望月の愚痴まじりの話を、滑稽なおもいを混えて、かるく受け流しているのだった。

「ところで、君、みどりが俺と家を持ちたいというんだが、どう思うね」

望月の口調は、相手の意見を訊くというより、むしろ惚気《のろけ》まじりで、言葉をついだ。

「うまく行っている例が、近頃はほとんどないんで、俺もちょっと二の足を踏んでいるんだが、みどりは他の女とは余程違って、教養もあるしな、それに悪い男は絶対寄せつけていないと言うんだ」

「まあ、好きなように、やるんだな」

正直に返事をする筋合のものでもなし、元木はそう答えたが、ふと、自分がそんな立場に置かれたら、どうするだろうか、と考えてみるのだった。「あの街にふさわしくないと思えるような、特殊な女にぶつかったと仮定して……、春婦の七〇パーセントは精神薄弱など、病理学の対象となるものだというから、余程稀な例となるだろうが……。まず、その稀だという事柄自体が、一つの刺戟となるだろう。しかし、どんな女でも、その街に棲んでいたということ、つまり、一夜に数人の男と寝て、毎日を過すという生活状態にあったということは、女の生理に何等かの習慣を与えているに違いない。俺は十分な金を与えて、一方十分な生理の満足を与えずに、何ヵ月か、ある距離を置いて眺めていることだろう……」

彼の想像の内の女は、彼のその視界のなかで、じりッじりッと次第にもとの街の方に、その肉体がひき寄せられていくのだった。

彼は、その女の姿とともに、それを眺めている自分の姿も見えてくるのだ。そのとき、夢のなかでまるで連絡のない人物がにわかに登場するときのように、あけみという女が、ぽっかり彼の脳裡に浮んで消えた。

やがて、レセプションの日が来た。その日、一つの小事件が起った。

新聞の三面記事の左下隅に、その日その日の、巷に起った小噺めいた軽い事件を取扱う小さな欄がある。

翌日の某新聞のこの欄が、その小事件を報じた記事を引用しよう。

◇……××日、芝浦東京港でレセプションを行った新造船陽光丸の船首から、絡まりあった男女の人影が水面めがけてドボン。すわ、夏向きの新型心中？　とばかり駈けつけてみれば……

◇……早速引き上げられた御両人、濡れ鼠になって眼をパチパチ。彼は某汽船会社々員、元木英夫（30）、彼女は某特殊喫茶従業婦、魚谷あけみ（25）と分っただけで、あとは両人とも黙して語らず。

◇……目撃者の説によれば、女が彼氏にとびついて、船の手すりを越え、ビルの三階ほどの高さを水面へ墜落したとのこと。いずれは痴情の末の出来事、さりとは暑いような、涼しいようなおハナシ。

接待役の元木英夫は、一休みして、舳の柵に寄りかかり、香山瑠璃子母娘と雑談をしていた。客船でない陽光丸の柵は腰までの高さしかない。船は要所々々に紅白の紐を張って、観客の進路を示し、船内くまなく観覧出来るようにしてあったので、船首の彼の近くも、人々はぞろぞろ通っていった。

時折、花火が昼間の晴れた空に打ち上げられ、甲高い乾いた音で破裂して、白い煙を残していた。

瑠璃子の母親は、華やかな道具立てに満足して、まだ媚を残したよく光る眼で、元木英夫の胸の造花の薔薇を眺め、それがなにか彼の将来への保証であるかのような瞳の色で、機嫌よく具体的な婚礼の相談など話題に上らせた。

瑠璃子は、母親に顔を寄せて、充足した視線を一緒に彼の方に向けていた。二十歳あまり年齢の隔りのあるこの二人の女の顔は、奇妙なほど、よく似ていた。彼はその顔を見ていると、精巧な人造人間と向い合っているような錯覚に、ふと捉われる。その人形は、ノートの左側の頁に記された、定まった数の、何十箇条かの事柄について、右側のそれに対応する場所に記された解答どおりに、正確に反応するものであった。

やがて、彼女たちは船長室を見物すると言って、立ち去って行った。

その後姿が、船首から中甲板に降りるタラップに達さないうちに、中甲板から上って来るどぎつい色彩の一群が彼の眼に入った。

あけみの姿も、その群に混っていた。

瑠璃子とあけみは、未知の人間としてすれ違った。元木英夫は、あけみに視線を移したとき、瑠璃子を見送った眼の表情が、まだ残っていたのである。それが、あけみの心を鋭く抉った。それは物質を眺める眼に近かった。あけみの心は、彼の眼の表情にするどく懸っていたのだ。

そのとき、タラップに達した瑠璃子が振り向いて笑顔を示しながら、大きく手を振った。彼はそれに苦笑で答え、その眼をふたたびあけみに戻した。彼の視線の行方を追って、あけみの振り向いた視線が、華やかな令嬢の姿を捉えた。

あけみは彼の眼の示すものを、取り違えた。するどい嫉妬があった。彼女の心ははげしくバランスを失った。何をしようという意識もなかったが、彼女の軀は、正面から元木英夫にぶつかっていった。あけみはふっと男の体臭を感じた。

不意をつかれた彼の軀は、あけみと一かたまりになって柵を越えた。

軀にしっかり取縋っている女の腕を感じながら、彼は何のためにこんなことになったのか、一瞬訝った。烈しく空気が鳴り、呼吸の困難を覚え意識が薄れかけたとき、幾回かの回転のあげく脚をさきにして二つの軀が水面に切りこんでいった。軽く足さきが水底に触れ、ふたたび水面に浮んだとき、彼は女の軀をつき放して、岸へ泳ぎつこうとした。しかし、女の腕には必死の力がこもっていた。

それは殺意ではなかった。それはあけみが泳げないためにした、本能的な行為なのであった。

また、二つの軀は沈んでいき、もう一度、水面にあらわれた部分が、はげしくあがいていた。

陽光丸の水夫たちが数人、この男女を救うために、泳ぎ寄っていった。


重っくるしくまつわりついてくる、濡れた量感を、何回となく押し脱ごうともがいているつもりだったそのとき、遠い潮騒の音が次第に近づいてくるように、多くの人間たちがてんでに声を出している騒音が、彼の意識に入ってきた。その不明瞭な音の塊のなかで、一きわ高い声が発した言葉を、彼は最初に聞くのだった。

「おい、見ろや、なんてまあ、よく似た顔をしてるもんだ。まるで、兄妹みてえじゃねえか」

年配の水夫の一人が言った文句だった。この言葉によって、波止場へ並んで横たえられている元木英夫とあけみが、兄妹と見紛う顔になっていた、というやや詩的な考えを持ってはいけない。……都会の二人の大学生が、山奥の宿屋に行ったとき、そこの女中に、まるで兄弟みたいに似ている、といわれることは、屢々あることだ。その二人の大学生が、二人とも丸顔であるか、同じく細長い顔かであれば、条件は十分なのである。

しかし、その言葉は、ずっと広い範囲内での二人の相似を示していることは、確かである。

　元木英夫が、その言葉を聞いて、まず思ったのは、自分の災難が、不測の災厄というものではなく、明瞭に示せないまでも、なにか想像の範囲内の経緯によるものであろう、ということであった。つまり、あけみという女の心の動き方が、説明されてみれば、納得の行くものであるだろう、と思ったのである。

　彼は、眼を開いた。夏の太陽の光は強すぎて、二、三度まばたきした。それが、正気づいたはっきりしたしるしとなった。

「ア、気がついた」

　という、ざわめきが、周囲から起った。

　ヴィナスの主人や女たちの姿が、極く近くで二人の溺れそこないを、のぞきこんでいた。彼等の眼には、みな訝しげな、割り切れない光が宿っていた。それらの眼は、みなこう語っていた。

「これはどうしたわけだ、この男が店に来たのは、たった二回きりじゃなかったか」

　つづいて、あけみが意識をとり戻した。元木英夫より、僅かの時間、正気づくのが遅れたため、彼女の耳には、あの水夫の言葉は届かなかった。

彼女は、多くの眼が、疑わしげに、探るように、自分に集っていることに、まず気付いた。あけみは、ふたたびあの街に戻っていこうとしている、自分の心を知るのだった。

いくらか離れて、香山瑠璃子が、頬をこわばらせた、よそよそしい貌で、母親と一緒に佇んでいた。二人の女の眼は、この小事件の意味が、はっきり割り切れた表情を示していた。

「元木英夫は、よほどこみ入った関係にある情婦のあることを、隠していた……」

事件を知った警官が、近づいて来た。

瑠璃子の耳に、母親が囁いた。二人は、くるりと背を向けて、歩み去って行く。瑠璃子は裏切られた女の怒りを背に示して。母親の方は、「ちょっとおつき合いした程度の男」として、元木英夫と娘の関係を終らすことが出来ることの安堵を、やや落した肩のあたりに漂わせて……。

彼はその二人の女のうしろ姿を、遠い眼で見送り、かすかな親近感を、となりに横たわっている女に覚えていた。

ある脱出

その甚だ立派な体格の男に抱かれると、弓子はいつも両腕を自分の背後で綯《な》いあわせながら、快感のうちに溺れていった。逞しい胴体の上に載っている男の鈍感な顔と、不器用な動作が、かえって、弓子の体内に湧きあがる感覚を安心して上昇させた。男は、戦後に資産を残した薪炭商の息子で、ぶこつな指をしたその青年は、洗煉された容姿の弓子と会うために、いそいそとした気持を全身にあらわして、娼家「銀河」に通ってきた。

しかしある夜、弓子がその男の相手をしているとき、好意を持っていない男からこれほどの快感を与えられている自分に不安を覚える気持が、不意に起ったのである。……わたしはもう娼婦の貌《かお》になってしまったのかしら、と彼女は、外《そと》の世界の光を恐れる気持に捉われたのであった。

その夜は、男は泊らずに帰り、彼女は夜半、会社員風の男を一夜の客に取った。

朝の光が、弓子の閉された瞼《まぶた》のうえで次第に強くなって、ふっと眼が覚めた。蜆貝《しじみ》を売って歩く行商人の呼び声が、朝の空気をつたわって響いてくる。傍では、昨夜泊った見知らぬ男が顔にうっすら脂をうかべて、まだ眠っている。

弓子にとって、いまではありふれた風景にすぎない筈のその姿が、この朝、何故か気にかかった。

衣裳を替え、寝みだれた顔を鏡台にむかって整えているとき、弓子の手にした化粧刷毛が、一瞬とまどった。なにか、心のなかで蟠《わだかま》っているものを覚えたからである。しかし、それは肉体の組織のうちに紛れこんでいて、瞭《あきら》かにすることが出来ず、彼女はそのまま化粧を続けた。

女の起き上った気配に眼を覚していた男は、このとき「いま幾時」と訊ね、「七時ですわ」という答えに軀を起した。

蜆売りの行商の声が、まだきこえている。

「ああ、あの声を聞くと、すがすがしい朝の気分がするな」と男は言い、ちょっと狡そうに笑って、「それも、こういう場所のね」とつけ加えた。

「後朝《きぬぎぬ》、……というわけね」

と、弓子は男の気持を、都会人向きの言葉で替りに言ってやったとき、にわかに不快な気持に捉われてしまった。それは、遊蕩の一夜のあとの朝の光を愉しんでいる男の気持を感じることで、自分の娼婦という位置が強い光で照し出されたのを覚えたためであったが、その程度の事柄でいまさら心の平衡を失う弓子ではない筈であった。しかし、不快な感情は覆いがたく彼女の心に生れていて、それに伴って、蜆売りの呼び声についての思い出まで、そこに在った。

弓子は、朝の食事に屢々《しばしば》供される蜆の味噌汁を何気なく飲んでいたが、あるとき、この店の女支配人（つまりかあさん若しくはママさん）から、蜆が肝臓の薬であり、はげしい肉体労働で傷《いた》みやすい肝臓の機能を恢復さすために、欠くことのできぬものだ、ということを聞いてから暫くは、その貝の入っている椀を見ると、そこに自分の昨夕から深夜までのさまざまな姿態の集積が盛りこまれているような気分になり、耐えがたい嫌悪を覚えたのである。それからは蜆を商う声にまで、そのおもいは伴ってくるのであった。

しかし、弓子が周囲を眺めてみると、その小さな貝からそのようなおもいを惹き出されていると思われる女は、一人もいなかった。そのときまでは半ば夢中でこの町に棲んでいた彼女は、はじめて、自分がこの世界で生きてゆくからには、ここに棲み易いように意識を変え感覚を処理する必要に迫られているのを知ったのである。

そのときから約一年間が経って、外部からの刺戟を適当に屈折させて自分の内部に到着させる、という時期も過ぎ、いまでは習慣と相俟って、弓子は淡い光の射す水底に棲んでいるような心の平衡感を保てていた筈であった。それが、この朝、彼女は予期しない不快感に捉われたのである。

弓子の心は武装しかかった。自分の裡に不意に生れた不快感を、他のものとすりかえようとした。

それは例えば、次のような経路を取って動いてゆく筈であった。……この会社員らしい男、月給以外にほとんど収入のなさそうな男にとって、昨夜から今までの時間は、他の時間と同じ様に過ぎていっては心外な、金のかかった時間なのだ。その時間の尽きようとしているいま、この男がそこからなるべく多くのものを掠め取ろうとしているのは、いじらしいこと以外に何があるだろう。

他人《ひと》もわれもみな可哀そう……、という結論は、傷ついた自尊心には麻薬のような作用をするものである。

しかし、弓子の内部の操作がそこまで行きつかぬうちに、新しい事態が起った。

起き上って、洗面を済ませてきた男は、またごろりと横になると、大きく手足をのばしてから、弓子に話しかけてきた。

「いまごろの時間は、まだみんな眠っているだろうか」

「そうですね、眼を覚している人はずいぶんあるでしょう。もうそろそろ起きて支度しないと、会社に間に合ない人もあるでしょうし……、あなたは大丈夫」

「僕はかまわない。それより、このあたりの上をヘリコプターで飛んで、見下してみたら面白いね。もっとも屋根が邪魔だけれど、……いまごろの時刻は、殆どの部屋に一人の男と一人の女が並んで寝ているわけだ。この狭い地域が狭い部屋でいっぱいに仕切られて、その一齣ごとにかならず男女が一組寝ているという風景。一人でも三人でもない、かならず男と女が一人ずつ……。なんだか、なさけないような、滑稽なような気持にならないかな」

男は、相手の返事を期待していない独言のような口調で、天井に烟草の煙を吹き上げながら喋っていたが、弓子にはその言葉が気に入った。その言葉のなかで、男が自分と同じ位置まで降りているのも感じたからである。

そのとき、弓子は相手の男が、自分の心に固有名詞になりかかっているのを覚えて、話しかけた。

「あなた、お勤めじゃないの」

「僕の商売はね……」

と男は言いながら、床の間に投げだしておいた週刊雑誌をとり上げると、指尖にはさんで振った。頁のあいだから、葉書の半分ほどの小さい紙片がはらりと、落ちた。

弓子がそれを取り上げて眺めると、その紙片のうえに、五十組にちかい男女秘戯の姿態が粗い線で描かれてあった。小さい範囲に九十人以上もの人間が描かれてあるので、豆粒ほどの大きさで犇《ひし》めきあっている殆ど輪郭だけの人間たちは、もっとも人間臭のつよい行為をしていながら、非人間的な趣きを備えているようで、煎じつめてゆけば、ユーモラスなものにぶつかる感じを、この男は受け取っていたのである。

「これは、真夜中のヘリコプターから見下した図というところかな。ともかく、こういうものを売って歩けば、結構食べて行ける……。つまり僕の商売は、春画販売業といったものですかな」

と、男は言ったが、その語尾にはややふざけた調子があって、弓子は半信半疑の気持になった。

男のその言葉は嘘であったが、全部虚言とも言い切れぬのである。

柏木次郎というその男は、学校を出てまず勤めた会社が間もなく不況のため解散となってしばらくは職がなく、知人の斡旋でやっと某食品会社へ就職して、日本橋付近のビルにある事務所へ出勤している。

例の春画は、その界隈の事務所を廻り歩いている若い男から、昨日、幾許かの金で購《か》ったものであるが、折鞄のなかから幾種類もの写真や冊子をそっと取出して商いをしている男の様子を眺めていて、彼は、「今度失職したらあの商売をやるか」と本気で考えてみたのである。

彼が半年余り失業して、いよいよ食うに困ったとき、行商でもしようか、と決心したことがあった。そしてその場合は、インチキな商品も一緒に持って歩こう、と考えていた。とかく屈辱の多いであろう行商という生活の手段を選ぶとき、何時でも相手を「欺ける」という意識に支えられていれば、仕事がいくらか容易ではないか、と思ったからである。

彼が、春画を売る男を観察していて知ったのは、一見、取引の打合せに来ているとしか思われぬ様子のこの青年に傍に寄られた相手は、かならず薄わらいを浮べて、「オイなにか新しいものを持ってきたかい」などと話しかけていることだ。そこには、一種、親愛の趣きさえ窺われるほどである。それは、年少のころに、恥部を示し合った同志のもつ、独特の親愛感に似ていた。

この青年の商品に関心を示すことは、すでに相手に恥部を示したことになるらしい……。自分が春画売りを志した気持に似た心の動きで、この紅燈の町へ来た女が偶《まれ》には在るのではないか、と柏木次郎はふと思うこともあった。しかし、そのような思いは極く瞬時のことで、あとはなるべく効果的に遊蕩しようとする気持に捉われているばかりである。

出社時刻に間に合うように、柏木次郎が八時ごろ帰っていったあと、弓子は常にない動き方をした自分の心について、しばらく考えてみた。

しかし、やはり不分明なままに、彼女はふたたび眠りに陥ちてしまった。起きなくてはならぬ時刻は、この家では十時と定められていた。

その短い眠りの間に、弓子は夢を見た。あたり一面、かすかに光を含んだ灰白色の空間である。その光が時折、漣《さざなみ》のようにいくつもの波状を交錯させてゆらめく。すると自分の軀もゆらゆら揺れる。全身におもたい圧力がかかっているようだ。しかし呼吸はやすらかに出来ている。またゆらめく光。弓子は海の底にいる。軀がいくつにも分れている。長い触手が幾本も延びている。弓子は海底の藻草だ。強く閃くものが、暗い水のなかを走り去った。また、もう一つ。その輝きに照されると、弓子の全身がこまかく揺れる。閃くものはゆっくり彼女のまわりをめぐり、徐ろに水面へ上ってゆく。弓子の触手がひらひらとのびる。それを追って、全身が浮びあがってゆく快よいおもい。しかし、いつになっても水面はこない。弓子はうしろを振向く。足が、藻草の根になって、海底から離れない。おもい、おもたい。軀全体が、こまかく、大きく、またこまかく揺れて……。

目覚めて、拡散してしまった風景が、徐ろに弓子の網膜に戻ってきて、紅濃く化粧した女の顔が覗きこんでいた。その女の手が、弓子の軀をはげしく揺っていた。隣の部屋の蘭子である。

「弓子ねえさん、どうしたの。すっかり魘《うな》されちまって……」

弓子は、はっきり現実の世界に戻った。

「なんだか、おかしな夢を見ていたのよ」

と答えながら、自分の裡になにか新しいものが生れかかっている予感が、このとき初めて彼女の意識にのぼったのである。

蘭子が朝の挨拶がわりに、昨夜の客についての性的な話を喋りはじめた。そのうちの穏健な部分を例にすれば、……その客が蘭子に、きみは好色か、というようなことを訊ね、彼女が、その通りであると答えると、客はその方がこの社会では暮し易いから大変結構なことであると言い、そう言われてみると蘭子としては好色なところを示さなくてはならぬだろうか、と考えているうちに本当に昂奮して云々、というような事柄を露骨な表現で喋るのである。

このような話を聞くと、一年前の弓子はむしろ羨望にちかい気持になったものであった。この社会の生活を愉しんで送っている女がいるということは、そのときの弓子にとっては一種の盲点となっていて意外だったが、やがて、どうせ肉体を売って生計をたててゆくつもりなら、心身ともにそれに適応した女であった方が倖せであろう、とおもうようになった。

しかし、いまでは弓子には、蘭子にたいして羨望は起らない。自分の心をさまざまに屈折させてこの世界に適応させているうちに、毎夜その肉体を通過してゆく男たちのため、彼女の軀も次第に好色になっていったからである。

娼家「銀河」では、弓子と蘭子がいつも最高の稼ぎ高を争っていた。

弓子は、やや腺病質のように見える淑かな身のこなしで、その知的な感じが愛されて、金にこだわらぬ良い客が多かった。

蘭子の艶めいて閃り素早く動く瞳。小柄の充実した軀。某女優に似ていることを強調して化粧を施すのが商売上の作戦で、そうすれば、夜、店頭に立っているとき、傍の同じ店の女が客に向って、「ネエこのひと、某々子にそっくりでしょう」と、手柄顔に言ってみたくなるほど似てくるのであった。瞬時の恋を買おうとしている男たちにとって、それは甚だ効果があった。

蘭子はこの店へ来てから半年ほど経つのであるが、一ヵ月ほど以前、某撮影所の俳優という男と結婚するといって廃《や》めた。

しかし、数日前、「かあさん、また働かせてちょうだいね」と、何気ない顔で戻ってきた。店主は、蘭子の稼ぎが抜群であるため、黙って許す方が得策だと算盤を弾いたのである。


結婚すると言ってこの町を去った女が、またこの職業に戻ってくるのは珍しいことではない。むしろ、そのまま外の世界に留っていることが出来た例の方が、珍しいと言えるのであろう。それは、女に悪質の男がついているためとか種々の理由もあるが、結局、女の肉体も、意識も、この町の範疇を出ないためである、といった方が簡にして意を尽せるというものであろう。

弓子は、戻ってきた蘭子のことが知りたかったので、夢に魘されていたところを彼女にゆり起されたのを好い機会に、話しかけてみた。

「蘭ちゃん、喧嘩でもしたの」

「そうじゃないのよ……」

蘭子の答えは、二人は大そう睦じく暮していたのであるが、大部屋の下ッ端男優である彼女の愛人は、そうでなくても金に不自由しているところへ、濫費に慣れた蘭子と一緒に暮すことになってみると、どうにも遣り繰りがつかなくなり、種々相談のあげく、蘭子がもとの場所へ逆戻りして暫く稼いで蓄えをつくり、男もそのあいだに金儲けを企んで、また二人きりの生活をはじめようということになった、というのである。

「それでね、彼氏、いまとっても儲りそうなプランがあるから、ちょっとの間の辛抱だって言うのよ」

と蘭子は、曇りのない表情で話を結んだ。

「だけど、あなたのご主人、蘭ちゃんをまたこんな場所に出しといて、嫉妬の気持が起らないのかしら」

「だって仕方がないじゃないの。それにあの人、わたしが惚れているってことにとっても自信があるのよ。だから、わたしが他の男には心は許さないって安心しているの。わたしだってそのとおりよ。どんな男に抱かれていたって、いつも頭のなかはあの人のことでいっぱいにしておくの。もっとも、かえってあの人に抱かれている気になって、獅噛みついちまうこともあるけど……」

単純な惑うことのないはげしい恋情を、蘭子が相手の男にそそぐことが出来ているらしい口ぶりに、弓子は一種異様なおもいを持ったが、それよりも、彼女の言葉から、はっと思い当るものがあった。それは、その日の朝から心に蟠って解けないでいるものにも、関係がありそうに思えたのである。

弓子は、自分の好色さと蘭子のとが異質のものであることを、このとき初めて知ったのであった。

弓子は男の傍で快楽に喘ぐ場合にも、自分の内側に湧き上るものを相手に向ってそそごうとはしなかった。それは、たとえば両腕を自分の背後で綯《な》い合せながら、自分一人で快感のうちに溺れてゆこうとするものであった。このとき男は、単に弓子の肉体に刺戟を与えるために作られた精巧な道具に過ぎなかった。彼女は、精神を空白にして、暗い海の底でただ触手をひらひらさせていることに、自分を作り上げていたからである。

現在の状態の弓子は、夜空に開く豪華な打上げ花火の五彩の電光と金属的な炸裂音によってさえ、その肉体が恍惚境に達するかもしれなかった。しかし、蘭子がその愛人にその身をからませ、自分の内部に生れたものと一緒に相手の内側にまで入っていこうとするかのように、狂おしく身悶えている姿を想像することは、弓子のこころを刺戟したのである。

そのとき、その日の朝の目覚めに弓子の感じた常ならぬ気分、そのまま軀の組織のなかに紛れ込んでしまったなにか……、それは、昨夜半、自分が男の下に在ったとき、自分の両腕が軀の裏側から脱れ出て、男の背にまつわり、掌が相手の背で異常に熱したのではなかったろうか……、という疑問の形をとって、彼女の心の表面に顔を出したのである。

もし、そうだったとしたら、わたしはあの男を愛していたのだろうか、……弓子の心に、このような奇妙な問いが浮んだ。通常の場合、進んでゆく事柄の順序が、弓子にとっては逆になったのである。それは、あまり容易に軀を許すという日常のために生じた、倒錯の現象であろうか。

事実は、弓子は柏木次郎という男を愛したのではなかったし、彼女の両腕が彼を抱き締めて、その心が彼にそそがれたのでもなかった……。

弓子は、自分をこの町に適応させることに成功した、と思っていた。世の中へ初めて出た青年が、次第に社会人として成熟してゆくと、あらかじめ考えておかなくとも、概ねその行動がいわゆる世間の枠からはみ出さぬようになるのと同じく、弓子は自分でその心を操作する必要が、この朝、彼女の心が思いがけぬ動き方をするまで、殆どなくなっていたからである。

しかし、弓子が意識して自分をこの町に適応させようとしているとき、彼女の意識の下では自分の娼婦としての位置への不満と、常態の女への憧れが、ごく僅かずつ積み重ねられていっていたのである。

常態の女への憧れ。その憧れのうちには、特定の一人の男を愛したい、という気持も含まれている。弓子が、自分の意識の下に醱酵しているものの存在を、かすかに知ったとき、まず感じたのはその気持であった。そして、たまたま、その場に、柏木次郎という男が居合せたのであった。

夏の終りのある午後、弓子の部屋をのぞいた蘭子が、曖昧な表情で、

「弓子さん、シルバーホテルまでつき合ってくれない」

と言った。どうしたの、と訊ねると、たいしたことじゃない、ちょっとだけでいいからお願い、というので、弓子は何気なくつれ立って外へ出た。

シルバーホテルというのは、やや高級な洋風の同伴宿で、気紛れな客に、どこか外で泊ろう、と誘われると、彼女たちはこの家を使っていた。

四階の一室に蘭子と一緒に入ってゆくと、襯衣一枚の若い男がベッドに腰掛けて、鈍く光る上眼使いで彼女たちをむかえた。弓子が些かたじろぐと、すかさず蘭子が、「この人、わたしの彼氏よ」と紹介した。

肩幅の広いリーゼントスタイルの、映画俳優の二枚目型で蘭子の夢中になりそうな男であったが、その眼の光が白濁しているのに、弓子を見る視線が鋭く焦点を結ぶのが気にかかった。それにしても、この二人が自分を呼び出して、何の用事だろう、と弓子は訝しく思いながらしばし戸口に佇んでいた。

蘭子がやや面映《おもはゆ》げな面もちで、説明をはじめた。男は終始黙したまま、調べるような眼で弓子を見ていた。

「この人がね」と蘭子は男を眼で示して、「わたしたちの恋の記念に写真を撮ろうって、撮影所の友達からカメラを借りて来たの。それでね、弓子さんに手伝ってもらいたいの。セルフタイマーを使っても出来ないことはないけど、それじゃ、やっぱり具合が悪いって言うの」

「あら、そんなこと、おやすい御用よ。シャッターを押せばいいんでしょう」

「ええ、ただそれだけでいいの、照明の方はもう用意してあるから……。でも、ちょっと普通の写真と違うのよ。わたしイヤだって言ったんだけど、そうしないと、本当の恋のしるしが遺らないって言うんだもの。だからわたし、気の置けない人に撮してもらうのなら、って言ったの……」

弓子に、おもむろにその意味が分ってきた。彼等が撮されようとしているのは、自分たちの愛撫のすがたなのである。

　しかし、その奥に在る彼等の意図を、このとき弓子が思い違えたということは、それが殆ど誤解のしようもない事柄であるだけに興味のあることである。弓子は一瞬たじろいだが、娼婦という刺戟の強い立場にいると、このようなかたちでお互の熱情をたしかめなくては、物足らぬおもいなのであろうか、……と蘭子たちの気持を推測したのであった。

　弓子の気配を察して、蘭子が、

「ね、お願いするわ」

　と言うと、男は立上ってコードのスイッチを押した。予め準備された二つの昼光燈の強烈な光が、寝台のうえに集って、白いシーツが鮮かに浮び上ると、男は相変らず黙ったまま、逞しく盛り上った鈍い背の線をあらわにして、襯衣を脱ぎはじめた。

　弓子の存在が、蘭子たちを一層刺戟しているらしかった。弓子はファインダーに映る親指ほどの大きさの男女が、縺れ合う絵姿をじっと凝視《みつ》めていた。それにしても、男は種々の技巧を使いすぎるようであった。そして、ある瞬間姿態が定まると、「撮して」と、冷たい低い声で弓子に命令した。その声が間隔を置いて五回も繰返されると、弓子はその光景から、重い厭悪の念を覚えるようになっていった。

やがて、終りが来た。

男は素早く衣服をつけると、脂ののった白い腕をベッドの上に横に投げ出して、しばし動けないでいる蘭子をチラと眺め、「君も必要なときには、いつでも撮してあげるよ」と、弓子に言い、さらに、「いま、一人だけでも、どうだい」と妙に執拗な調子で言った。

「ええ、そんなときにはね」

と弓子は答えると、俄にえたいの知れぬ不安な気持に捉えられて、慌しくその部屋を逃れ出たのであった。

柏木次郎が昼の休憩時間に、事務所で煙草をふかしながら同僚たちと雑談していると、例の春画売りの青年が現れた。彼はこの界隈の事務所一帯に出没し、活字本は貸本として置いてゆく場合もあるので、三日に一度ぐらいの割合で訪れてくるのである。

その青年は、雑談している連中の方へ歩み寄ると、得意気な表情で囁いた。

「きょうは、すごい掘出しものがありますよ」

「君のは、いつもスゴイというばかりで碌なものはないじゃないか。こっちはもう、ちょっとやそっとの代物《しろもの》じゃ驚かなくなっているんだぜ」

「いや、今度のは正真正銘、かの有名なる映画スタア某々子の艶《あで》すがた、といったものでさあ」

「この嘘つきめ、またいつもの首をすげ替えたやつだろう」

ちょっと身を反した青年が黙って差出した写真を見て、会社員たちは一瞬息を呑み、やがてざわめきが戻ってきた。

「なるほど、良く似た女だな。これは、どういう娘《こ》だ、君は知っているんだろう」

「それが、残念ながら私にも分らないので、新しいルートから入ってきた品物なんでしてね……」

なるほど女優の某々子によく似た女であったが、それとは別に柏木次郎には、記憶のどこかにひっかかっている女のように思われた。暫く考えた挙句、この青年からの連想で、半月ほど以前、相手の女に春画を示したことのある娼家で見た顔だ、ということを思い出した。

彼はなにも知らぬ顔でその写真を買い求め、今夜にでもあの店に行ってみよう、と考えていた。彼は独身者としての必要上、時折娼家を訪れていたが、その事務的な気持を崩さぬため、同じ家に二度行くことは稀だったけれど、その女のもっとも露骨な絵姿をポケットにひそませて、盛装した本人と向い合ってみることに、ちょっとした心理のスポーッを覚えたからである。

あらためて言うまでもなく、写真の女は蘭子で、相手の男は、すべて顔は写らぬレンズの角度になっていた。

このようにして、柏木次郎が娼家「銀河」に現れたとき、ちょうど目指す女は客が上っているのか店頭に見えず、この前彼の相手をした女が、すがりつくように彼を迎えたので、彼は仕方なく、そのまま女の部屋へ導かれていってしまった。

弓子の部屋で、彼女は検べるような眼で男を見た。

その弓子の眼に映った柏木次郎は、まだ世間の垢に汚れきれぬ繊細さが残っている趣きがあった。それは弓子のうちに醗酵していた外《そと》の世界への郷愁を刺戟する要素であるから、彼女の意識の下の芽生えを促すに、いくぶん与って力あったかもしれなかったが……。

この男と過した半月ほど前の一夜、弓子の掌が相手の背で熱し、こころが男にそそぎかけられたかどうかは、弓子には相変らず不分明であったが、この夜、そのような先入感をもって男に対した弓子の、全身が彼に向ってにじり寄ってゆくのを、彼女が今度ははっきり意識したということは、むしろ当然ということが出来よう。

そして、その事実を、弓子はこの男への自分の慕情である、と思ってしまったのであった。

遊蕩の気分でこの町へ来ている柏木次郎は、わずか二度目の女のとり乱した姿態に、征服感を擽られた快さを覚え、そして、「ずいぶん好色な女だな」と思ってしまうのであった。

そのおもいのため、彼は気易く、ポケットにひそめた淫らな写真をとり出して、弓子に示してしまった。

「あら、これ蘭ちゃんの……」

と、弓子は一瞬、はげしい混乱を示した。が、短い時間ののち、この写真がこの男の手に入っている意味が分ったように思えた。

僅かな部分を思い返してみても、あの午後のことは辻褄の合ぬことばかりではなかったか。ホテルの部屋で、男が執拗な口調で、弓子も写真に撮されないか、と誘ったのは、あのような光景で刺戟し混乱させ、あるいは乱倫な情景の共犯の意識さえ起させて、弓子の写真も撮してしまおうと企んでいたのではなかったか。すくなくとも、あの白く濁った眼をもった男は、弓子に見られているということで、歪んだ情欲を駆りたてようとしたことは、間違いのないことであろう。

そのような考えが、明確な輪郭をもたずにいりみだれて弓子を襲った。「それにしても、ちょっと考えてみれば、分りそうなことを、どうしていままで自分は気付かなかったのだろう」と、弓子は自らの気持を計り兼ねた。

だが、蘭子自身は、やはり欺されていたのだろうか……。この写真が沢山の印画紙に焼付けられて、他の男たちの手に渡っていることを知っているのだろうか……。その疑問が、最後に弓子の心に残った。

「あなた、この写真、うちの蘭ちゃんて女の人よ。知っていたの」

弓子の声が、おもわずうわずった。柏木次郎は女の混乱した表情を眺めて、予期以上の効果を収めていると勘違いして、

「ああ、そうだよ……」

と、なまぬるい声で答えながら、弓子の軀に触れようとした。弓子はその手を避けながら、

「それで、どうしてこの写真を持っているの」

「売りに来た若い男から買ったんだ。そんなことは、どうでもいいじゃないか……」

「ちょっと待って、その人って、リーゼントの、役者みたいな男だった」

「さあ、リーゼントじゃなかったと思うね。それに平凡な男だよ、それがどうしたんだ

い」

それでは、この写真を売って歩いているのは、蘭子の情人ではない……、と弓子が考えていると、男の焦立った声がした。

「それがどうしたんだい。……僕は、それを本人に見せようと思って来たのだけど、お客が上っているのでは仕方がない」

男のその言葉を聞いて、弓子は自分のこの男に向った心が裏切られているのを知った。彼女は心のうちで呟いた、「この人は自分を、ただ娼婦として取扱っているだけなのだわ……」。

弓子のその呟きは、肉体の交渉を二回持っただけの柏木次郎にとっては、無理な要求ということが言えるだろう。彼は紅燈の町へ来て娼婦を抱こうと思っているに過ぎないのだから……。だが、すでにその意識が、この町から外へはみ出そうとしている弓子にとって、そのことは娼婦という生き方への、烈しい嫌悪のおもいを惹き起した。

弓子は、断乎とした口調で、

「その写真、わたしに頂戴」

と言った。

柏木次郎は、女の心が自分という男をめぐってはげしい起伏を描いたことは、夢想だ

にせず、

「はじめ良く、あとわるし、十三番小吉というところか。とかく女は気紛れなもの」

などと、とりとめもないことを考えながら、「銀河」の裏口から外へ出た。隣の娼家のネオンサインの明滅が、彼の横顔を赤と青に交互に照した。


蘭子の客が帰るのを待って、弓子は蘭子の部屋へ入っていった。蘭子は、鏡台のまえに膝をくずして斜めにすわり、みだれた口紅を直していたが、鏡のなかの眼をうごかして、背後の弓子に挨拶をおくった。弓子はシュミーズ一枚の蘭子の横腹から腰の線に、いまさらのように強靭な線を感じながら、指尖ではさんだ例の写真を相手に示した。

「蘭ちゃん、これ、あなた知っている」

蘭子は顔を大袈裟にしかめ、舌の尖を皓《しろ》い歯のあいだからちょっと出して、

「あらあら、もう弓子ねえさんの手に入ったの、悪事千里を走るだわ、わるいことは出来ません」

と、甘えるような口調で、道化て言った。

「そう、それではあなた、はじめから知っていたのね」

蘭子はいっそう甘ったるい調子になり、

「だって弓子ねえさん。わたし、それと分るような言い方したつもりよ。露骨にこれこれしかじか、とも話せないじゃないの」

いくらなんでも、恋の記念に自分たちの愛撫のすがたを撮す、などということはありません……、という意味を含めているのだろうか、と弓子は考えながら、「あのとき、自分が全く疑問を持たなかったのは、この町に発生する愛のかたちについてのおもいに捉われすぎていたためだろう……」、と先刻の柏木次郎（最後まで彼女は男の名前を知らなかったが）とのことを思い出して、気落ちした心持になっていった。

弓子は、気乗りのしなくなった言葉をつづけた。

「だけど、わたしをあの部屋につれていったのは……。あなたたち、わたしを道具にして、一層昂奮しようとしたのじゃなくて」

「道具だなんて。そりゃあ、白状します。……そんな気持もなくはなかったけど、本当は弓子ねえさんにもお金儲けさせてあげたかったのよ。一人だけの写真でもよかったの。お小遣いにはなったわ。それなのにさっさと帰っちまうんだもの。彼氏、あれで大分儲けたのよ」

「儲けたなんて。蘭ちゃん、あなたこんな写真がいっぱい、いろんな男に見られることを考えても、なんともないの」

弓子の声が、余程静かになったのを知って、蘭子は、図々しく言ってのけたのである。

「わたしね、その写真で、たくさんの男が昂奮していると思うと、なんとなく肌がひりひりするような快感なの。弓子ねえさん、それお客に貰ったんでしょう。そいつもすっかり血がのぼっていなかった、ホホ、それにしても弓子ねえさんて、案外初心《うぶ》なのねえ」

弓子は、その言葉を聞きながら、この町への決定的な嫌悪を覚えた。

この出来事に加えて、もう一つ彼女の心に重く迫ってくる事柄が、数日前に生じていた。それは、以前から弓子の容貌と客扱いの上手なところに眼をつけていたこの店の経営主の中年男が、支店か或いは同資本のキャバレーか、どちらでもよい方を委すから、その仕事をしてくれないか、と申し込んできたことである。そのことは同時に、彼の妾になることも意味しているのだが、娼婦のうちで、店主からのこのような言葉を待っている女が、どんなに多いことだろう。意識がこの街の範囲から出ない女たちにとっては、それは瞭かに「出世」を意味しているからである。しかし、その時の弓子にとっては、その言葉は、喜ばしいものとして響かなかった。一方、あまりに素気ない返事をすることは、彼女がこの店を直ちに立ち去らなくてはならぬ結果になるわけで、弓子は数日間の猶予を願ったのであった。

蘭子と話し合ったその夜は、弓子は病気と称して、店に出ずに一人で寝た。

甚だ立派な体格のあの薪炭商の息子は、この間にも相変らず弓子のもとに通って来た。以前から、この男は弓子を一緒に連れて、外の世界へ出てみたがった。

両国の川開きの花火大会にも誘われたが、弓子は断った。動物園に犀が来たから見物に行かないか、と言われたときにも、弓子は「なんて不器用な男だろう」と、半ば呆れながら断った。その場合ごとに、弓子は巧みな理由を作り上げていたし、それに弓子の軀が、男に対して鋭い反応を見せているので、彼は弓子に疎んじられていることに気付かない。

男に、遊園地にウォーターシュートに乗りに行かないか、と誘われて、弓子がそれに応じたのは、平和な時代遊園地の花形だったウォーターシュートというものに、安穏だった少女時代への郷愁を感じたこともあったが、なにより、彼女が蘭子の写真を見た翌日であったためである。

男は嬉しさを露わに示して、その夜弓子を独占するための代償を「銀河」に支払い、彼女を連れて外へ出た。

初秋の夜の遊園地には、うら枯れた侘しさが漂いはじめていたが、それでも、まだ賑わった夏の夜の名残りをとどめて、ウォーターシュートも客があれば運転した。

鈍いモーターのひびきとともに、ワイヤーで曳き上げられて来た矩形の舟に男と並んで坐った弓子は、空白な心で、高い鉄骨の塔から斜めに水の中へ消えているレールの上を、扁平な舟が滑り落ちてゆくのを待っていた。はるか下の方で白く光る池の水、その滑かな光がぐんぐん眼に迫って、さっと大きく拡がると、舟底が水面にたたきつけられて、水しぶきが左右に飛散し、傍の旗亭に点された電燈の黄色い光が、その飛沫を照した。舟の舳に客の方を向いて立っている船頭は、その刹那空中に投げ上げられて身をくねらせたが、ふたたびもとの場所へ巧みに軀を安定させる。この年若い船頭は、あきらかに客の眼を意識して、自分の鮮かな演技を愉しんでいるようであった。

池の中央で静止してしまった舟は、船頭の竿で、ゆっくり岸へ運ばれてゆく。つい今までの速度感と対蹠的なまどろこしさで、すぐ眼の前にある岸がなかなか近づいてこない。

岸へ上ると、男は弓子を促して、また高い鉄骨塔を登るのである。そして、またもう一度……。ウォーターシュートに乗ろう、と弓子を誘った言葉を忠実に愚直に実行している男の姿と、彼女は見ていたが、男は弓子に一つの言葉を言い出しかけてはその契機《きっかけ》を失ってしまうことを繰返しているうち、半ば機械的に、三度目に塔の頂上に立っていたのである。

「弓子さん、俺はあんたにあそこに居てもらいたくないんだ。俺は、あんたが他の男に抱かれると思うと……」

という、男の口ごもりがちな言葉が、弓子の耳に届いたとき、彼女の眼に、白い水しぶきと空中で身をくねらせている船頭の黒い影が映っていた。

鈍い速度で岸に近よってゆく舟の上で、弓子は訊ねた。

「いま、あなたの言ったこと、どういうことなの」

「弓子さん、俺と結婚してくれないか」

男の声は大きく、紬の若い男の肩がぴくりと揺れた。

彼女は、あの町にいる間、数人の男からそのような言葉を聞いた。しかし、それは結局、妾になれば一軒家を持たせてやる、などという意味であった。しかし、いまの男の言葉には、求愛のひびきがあった。

弓子は、「この男の言うとおりになれば、あの町から脱け出て、堅気の男の妻になることが出来る」と考えていた。それは、いま弓子が望んでいることではなかったか。

男は弓子を近くのホテルに誘った。しかし、其処で奇妙なことが起った。逞しい男の腕に抱かれて、いつものように弓子が湧き上る快感のうちに溺れてゆきそうになったとき、不意に彼女はもう一人の自分が傍に佇んで、その姿態を見下しているのを感じたのである……。

そのとき、弓子の上昇していった気持は、にわかに衰えていってしまった。

そのことは、弓子がこの男を、いままでのように自分の肉体を通過してゆく物体としてでなく、特定の愛の対象として眺めてみようとしたことを意味していたのである。しかし、そのことは弓子にはまだ意識されていなかった。

その夜、「あと二、三日考えさせてね」と男に答えた弓子に、その二、三日のうちに、彼女の軀が遊園地の傍のホテルで示した意味は次第に分ってきたのであった。しかしまた、その期間に、どうしても彼女は男に、諾、という返事を与えなくてはならぬ立場に追いこまれてしまったのである。

それは、「銀河」の経営主に、先日の提案についての返事を迫られたため、答えに窮して、

「実は、わたしいま結婚のはなしがあって、近く廃《や》めさせていただこうと思っているところですの」

と言ってしまったからである。

女も楽しませて、自分も儲ける、という近代的と称する経営法を誇示している主人は、

「ほう、それは結構なことだ、それなら無理にすすめるわけではない」

と言ったのであった。

弓子が男に結婚を承諾してから、彼の態度が変ってきた。変った、というのは、弓子が娼婦であることをひたすら隠して自分の家へ迎え入れるために、極度の配慮をはじめたのである。

「俺は一週間のうちに、いろんな準備をしてくるからな、そうしたら、あんたは暫くアパートででも暮してから、俺のところへ来てもらいたいんだ。俺は、いいところのお嬢さんと結婚するということにしているんだからね」

と言って、男は弓子を抱いた。弓子はそのときこの前と同じ障碍《しょうがい》が、二人のあいだに立塞がるのを覚えるのだった。これから自分の夫になる男、という意識のもとに、男に抱かれている弓子の体内に、自分の特定の相手という事柄がかえって邪魔となって、燃え上るものがないということは、彼女を耐えがたい気持にした。

弓子は、男が彼女のまわりから、娼婦であったという痕跡をすべて洗いおとそうとしている気配を感じると、自分がこの町から脱け出して、ふたたび売春の位置、それも自分一人のための快感さえ覚えられぬ、特定の一人にたいしての娼婦の場所に置かれようとしていることに、烈しい自己嫌悪に陥るのであった。

弓子は、自分をその前身を匿し了せて妻としたときは、差引勘定かなりの利潤である……、というような男の計算すら、彼の張った頬骨のあたりに読み取れる気持になっていった。しかし、一方男の言うとおり一週間ほど後には、どこか知人の家へ身を引いて、やがてその男との結婚生活に入るしかない自分を感じていたのであった。

弓子がそのような状態にあった午後、蘭子が部屋に入ってきて、甘ったるい口調で言ったのである。

「ねえ弓子ねえさん。もう一度お願いできない、ほら、あのシャッターを押すことよ……、このまえのポーズの写真、もう売れなくなってしまったので、新しいのを撮そうというのよ。彼氏、このまえのことで味を占めちゃって、どうしても弓子ねえさんに撮してもらいたいって言うの。そうした方が、ホホ、熱演できるということなのよ。お礼するわ、お願い」

弓子は、そのときの自分のうちに、その申出を断る理由はまったく見出せなかった。

蘭子は弓子の眼の色を見てとると、言葉をつづけた。

「そうしたら、わたし此処をやめるわ。彼氏が銀座のキャバレーのくちを見つけてきてくれたのよ」

弓子の脳裏に、華やかなイヴニングドレスを纏った、蘭子の姿態が浮んだ。濡れて閃る大きな眼、長い睫毛のしたで素早くまたたいたり、淑かに伏せられたり、ななめに瞳が動くと白い部分が蒼じろく光ったり……、そのときの蘭子は、男が自分の衣裳を脱すのに、かなりの時間と金とを必要とする、そのような在り方を楽しんでいる……。しかし、その生活に馴れると彼女は退屈になり、また娼婦の世界に戻って来ないとは、誰が断言できるだろうか。この世界……、僅かの紙幣と交換に、たやすく蘭子の衣裳が脱がされ、あとは露骨な肉体の交渉……、蘭子という女は、この二つの生き方の間を揺れ動き、しばらくはあのリーゼントの美青年にだけ心を与えていると思い込み、白く濁った眼のその男は、その間ずっと蘭子から金を搾りあげるであろう。

弓子はホテルの一室で、眼前に展開されてゆく、白と黒の肉体のもつれ合う姿態にレンズを向けながら、はげしく淫らになってゆく心を覚えていた。その昂進した心に、これからの日々自分が感覚のない軀を投げ出してゆく筈の薪炭商の息子の表情が浮んできた。自分を良家の娘に仕立てたい、あの鈍重な表情。弓子は、それに復讐の気持さえ覚えた。彼女は、蘭子の情人の白濁した眼に向って、

「わたしも写して頂戴」

と言いながら、ワンピースのホックに手をのばしていった。

弓子は自分の写真が、無数に外《そと》の世界へばらまかれてゆく光景を思いうかべ、その絵姿がひらひらと舞っている空間に身をすすめて行くことに、蘭子とは全く異質の、ひりひりと皮膚を刺す快感を覚えていた。そして、身をすすめて辿り着く先に、あの男の鈍重な笑顔があったのである。

それから数日後、柏木次郎は事務所で、見覚えのある女の写真を、あの春画売りの青年に示された。

「これも、苦心の作ということですよ。こんな知的な感じの女に、たとえ一人の写真にしても、これほどのポーズをさせたんですからね。まあその努力を買って下さい」

と青年は、にやにや笑いながら言った。

「知的な女もないもんだ。好色このうえなし、ってやつだよ。まあ一枚買ってやろうか」

「へえ、旦那、この女御存知なんで」

「まあ、そういったもんだろう」

と、彼は青年から購った弓子の写真をポケットへ収めた。

柏木次郎が、その夜、娼家「銀河」を訪れたとき、店頭の女が、「弓子さんだったらついこのあいだ結婚したばかりよ」と、いうのを聞かなくてはならなかった。

「ほう、結婚してどこの店へ出ているんだい」

と、彼は冗談だと思って訊きかえした。

「あら本当よ。お金持の堅気の男に惚れられてね、落籍《ひか》されてちゃんとした奥さんになったのよ」

女はなにか誇らしげに断乎として言ったのであった。

「それじゃ、蘭子さんて女を呼んでくれないか」

「蘭ちゃんもやめたのよ。銀座のキャバレーに出ているって噂よ。だけど、あの人のことだから、いずれまた、戻ってくるのじゃないかって話よ」

そのような女の話ぶりから、やはり弓子という女が正式に結婚したということは、本当のことなのであろうかと、柏木次郎は、おもわずポケットの内の弓子のあられもない絵姿を押えながら、しばし佇んでいたのであった。

驟雨

ある劇場の地下喫茶室が山村英夫の目的の場所だったが、鋪装路一ぱいに溢れて行き交う人々の肩や背に邪魔されて、狭い歩幅でのろのろと進むことしか出来ない。日曜日の繁華街は、ひどい混雑だった。しかし、そのことは、彼を苛立たせはしない。うしろに連っている群衆が、彼の軀をゆっくりした一定の速度で押してゆく。彼はエスカレーターに乗って動いているような気分でいるつもりだった。

厚いズックの布地を赤と青の縞模様に染分けた日除けを、歩道に突出している商店が行手にあらわれた。近寄ってゆくと、それは時計屋だった。

約束の時刻は午後一時。彼は店内を覗いて、時計を見ようとした。

夏の終りの強い日射しに慣らされた彼の眼に、店の内部はひどく薄暗かった。壁一面に掛けられた大小形状さまざまの柱時計は、長針と短針があるものは鋭い角度にハネ上り、あるものは鈍角に離れたりして、おもいおもいの時刻を示していた。背後から押し寄せてくる人の波は、彼に立止ることを許さない。その壁面に、あわただしく視線を走らせて、正しい時刻を選び出そうとした。そのとき、彼は胸がときめいていることに気付いたのである。

彼は自分の心臓に裏切られた心持になった。胸がときめくという久しく見失っていた感情に、この路上でめぐり逢おうとは些かも予測していなかった。これでは、まるで恋人に会いに行くような状態ではないか。

これから会う筈の女の顔を、彼は瞼に浮べてみた。言葉寡《すくな》く話をして、唇を小さく嚙みしめる癖のある女。伏眼がちの瞼を、密生している睫毛がきっかり縁取る。やや興味ある性格と、かなり魅惑的な軀をもった娼婦。

その女を、彼は気に入っていた。気に入る、ということは愛するとは別のことだ。愛することは、この世の中に自分の分身を一つ持つことだ。それは、自分自身にたいしての顧慮が倍になることである。そこに愛情の鮮烈さもあるだろうが、わずらわしさが倍になることとしてそれから故意に身を避けているうちに、胸のときめくという感情は彼と疎遠なものになって行った。

だから、思いがけず彼の内に這入りこんできたこの感情は、彼を不安にした。

鋪装路上をゆっくり動きながら、彼はその女と待ち合せをするに至る経緯を思い返した。

一ヵ月以前、彼は娼婦の町にいた。店の前に佇んでいる一人の女から好もしい感じを受けたので、彼は女の部屋へ上った。

煙草に火をつけ、ゆっくり煙を吐きながら部屋のなかを見廻している彼の眼に、小さな額縁のなかの女優の顔が映った。映画雑誌のグラビア頁から切り取られたらしいクローズアップで、レンズを正面から凝視している北欧系の冷たい顔は、その一部分が縦に切り捨てられ、従って片方の眼は三分の一ほど削りとられている。

そのトリミングの方法は、女優の大きな眼に、青白い光を感じさせる効果を挙げていた。

娼婦の手によってトリミングされた写真を見ることは、彼にとって初めての経験であった。そして、その娼婦は、大きく見開かれた女優の眼に、青白い光を燈したのだ。彼女自身の眼のなかに、同じ青白い光を見ようとして、彼は女に視線を移した。その光は、この町とは異質な閃きを、彼に感じさせたのであった。

女は、しずかに湯呑を起して茶を注ごうとしていた。急須を持ち上げた五本の指のうち、折り曲げたままぐっと反らしてある小指に、女の過去の一齣《ひとこま》が映し出されているのを彼は見た。

「きみ、茶の湯を習ったことがあるね」

「どうして、そんなことをお訊ねになるの」

鋭い咎めるような口調でその言葉を言い、続いて、小さく下唇を嚙んだまま女の眼が力なく伏せられた。

彼は、やや興味を惹かれた。しかし、それはこの町と女とのアンバランスな点に懸っているので、女をこの地域の外の街に置いて真昼の明るい光で眺めてみたら、その興味は色褪せる筈だ。むしろもっと娼婦らしい女の方がこの夜の相手として適当だったのだが、と遊客としての彼は感じはじめていた。

やがて下着だけになって寝具の中へ入ってくる女の姿態には、果して娼婦にふさわしくない慎しみ深い趣きが窺われた。

しかし、横たわったまま身を揉みながら、シュミーズを肩からずり落してしまうと、にわかに女はみだらになった。

鏡の前に坐って、みだれた化粧を直しながら、「また、来てくださるわね」と女は言った。その声は、もはや彼の耳には娼婦の常套的な文句として届いた。そして、女の軀は彼の気に入った。飽きるまでに、あと幾度かこの女の許に通うことになるだろう、と彼はおもった。

勤務先の汽船会社の仕事で、彼はちょうど翌日から数週間東京を離れなくてはならなかった。

鏡の中で、女は彼を見詰めて言った。

「いつお帰りになるか、旅行先からお手紙をくださいませんか。宛名はね……」

と、女はゆっくりした口調で、娼家の住所と自分の姓名を告げ、「わかりましたね、……ですよ」と、もう一度、彼の記憶に刻み込んでゆくように、一語々々念入りに繰返した。その教え訓《さと》すような口調は、この町から隔絶したなにか、例えば幼稚園の先生の類を連想させた。一瞬のあいだに自分が幼児と化して、若い美しい保姆の前に立たされている錯覚に、彼はふと陥った。

その記憶が旅情と結びついて、彼に手紙を書かせたのである。

ある湾に沿った土地の旅館で、彼は待ち合せの日時を便箋に記した。地味な茶色の封筒を選んで、女の宛名を書きつけたが、そのときの彼女の名は、手紙を相手にとどけるための事務的な符号として直ぐ彼の脳裏から消え、女の姿態だけが色濃く残った。一方、彼の心の片隅には、白昼の街にこの女を置いて、先夜娼婦の町において女に感じた余情を、拭い去ってしまおうという気持も潜んでいた。

地下喫茶室の入口が眼に映った。

自分が書き送った一方的な逢い引きの約束を、娼婦が守るかどうかということへの賭に似た気持が、このように心臓の鼓動を速くしているのだ、と彼は考えようとした。

彼が地下へ降りて行ったとき、明るく照明された室内の片隅の椅子に、女はすでに坐っていた。地味な和服に控え目の化粧で、髪をうしろへ引詰めた面長な顔の大きな眼に、職業から滲みこんだ疲労と好色の翳がかすかに澱んでいた。

指定の場所へ女が来たことが分った後も、彼の感情のたかぶりは続いていて、女の向い側に坐って唇を開いたが、気軽に言葉を出し兼ねた。女は、その様子を見て、

「わたし、義理がたい性質《たち》でしょう」

と、くすりと笑いを洩らして言った。そして、相変らず黙ったまま見詰めている男の眼をみると、その言葉の陰翳が相手に伝わらないのを恐れるかのように、一つの挿話をつけ加えた。

「ほとんど毎週、金曜日のお昼にお会いする方があるのよ。いつも、お魚の料理を食べに連れていってくれるの。ちょび髭の、肥った人でね、とってもお人好しなの」

女の顔を見詰めたまま話を聞いていた彼は、無表情を装って、

「そう、それは結構だ」

と答えたが、心の中では、「これでは、まるで求愛をして拒絶されたような按配だ」と呟いていた。そして、先刻時計屋の店頭で不意に彼の内部に潜りこんできた感情が、このような終点に辿りついたことに、ふたたび驚かされていた。

下駄穿きの気楽な散歩の途中、落し穴に陥ちこんだ気持に、彼はなっていた。

山村英夫は大学を出てサラリーマン生活三年目、まだ暫く独身でいるつもりだった。明るい光を怖れるような恋をしたこともあったが、過ぎ去ってみればそれも平凡な思い出のなかに繰り入れられてしまっていた。

現在の彼は、遊戯の段階からはみ出しそうな女性関係には巻き込まれまい、と堅く心に鎧を着けていた。

そのために、彼は好んで娼婦の町を歩いた。娼婦との交渉がすべて遊戯の段階にとどまると考えるのは誤算だが、赤や青のネオンで飾られた戦後のこの町に佇んでみると、その誤算は滅多に起らない気分になってしまう。以前のこの地帯の様相には、人々に幻影を育ませる暗さと風物詩になる要素があった。しかし、現在のこの町には、心に搦《から》みついてくる触手がない。そして、ダンサー風の女たちは、清潔に掃除されピカピカ磨き上げられた器械のように、店頭に並んでいる。

このような娼婦の町を、肉体上の衛生もかなり行届いているとともに、平衡を保とうとしている彼の精神の衛生に適っていると、彼は看做《みな》していた。

この町では、女の言葉の裏に隠されている心について、考えをめぐらさなくてはならぬ煩わしさがない。例えば、「あなたが好き」という女の言葉は、それに続く行為が保証されている以上、そのまま受取っておけばよいわけだ。

その彼の心が、眼の前の女の言葉によって動揺させられていることは、彼にとっては甚だ心外な出来事なのであった。

最初、無表情を装っていた彼の眼は、いまは波立っている彼自身の内部を眺めはじめたので、その視線は女の上に固定されたまま全く表情が窺われなくなった。

「そんなに、じっと顔を見ては厭」

その言葉で、外側へ呼び戻された彼の眼に、女の白い顔が浮び上った。

「どうして」

「あなたとお会いしていると、恥ずかしいという気持を思い出したの」

「なるほど、それはいい文句だ。商売柄いろんな言葉を知っているね」

その言葉を、彼は軽い調子で口に出すことができたので、二人のまわりの空気がゆらいでほぐれていった。

やっと彼は、遊客という位置に戻ることが出来たので、それからの会話はなだらかに進んでいった。といっても、彼が女の身の上話を求めたりしたわけではない。彼はむしろ、明るい猥談の類を話題にした。

その話題が一層女の心を解いて、彼女も娼家に現れた人間ポンプのことを話した。「人間ポンプ」というのは、特殊な胃袋を観せものにして舞台に立っている男で、呑みこんだガソリンに点火して唇から火焔を吐いたり、幾枚も次々と胃の腑へ納めた剃刀の刃を重ね合せて口から取出したりするのである。

そして、彼女の話は、主にその男の異常体質に関してであった。

その話を聞いているうちに、彼は女が露骨な言葉を使うのを巧みに避けていることに気付いた。そのことは話の猥雑な内容と奇妙に照応して、官能的な効果をあざやかに彼の心に投げかけた。

彼は次第に寛いだ気持になったつもりだった。みだらになったときの女の姿態がふと脳裏を掠めた。軽薄な調子で、言葉が出ていった。

「きみは面白い女だな、僕の友人たちを紹介しようか」

女はにわかに口を噤んで、睫毛を伏せてしまった。寂しい顔がよく似合った。

自分の言葉がフットライトとなって、女の娼婦という位置をその心のなかに照し出したことが、女をにわかに沈黙させたのだ、と彼は気付いた。しかし、眼の前の女が彼一人で独占できない、多くの男たちを送り迎えしている軀であることを、今更のように自分自身に納得させようという気持も、その言葉の裏に潜んでいたのだ。そのことには、女と別れたあとで彼は気付いた。

ふたたび訪れた沈黙を救おうとするように、あるいはそれに抵抗するかのように、女はゆっくりした口調で話しはじめた。

「こういうこと、どう考えますか。たとえば、わたしがあなたを好きだとしてね、あなたに義理をたてて、次にお会いするときまで操を守っておくことが出来るかどうか、ということ」

操を守っておく、という表現の内容はすぐには分らなかった。娼婦の場合、それはオルガスムスにならぬようにする、と考える以外には解釈のしようがなさそうである。娼婦には、唇をあるいは乳房を神聖な箇所として他の男に触れさせずに、愛人のために大切に残しておく例がしばしばある。しかし、オルガスムスをとって置くということは、娼婦の置かれている場所が性の営みに囲繞されているだけに、彼の盲点にはいっていたようだ。

新鮮な気分が彼の心に拡がっていった。と同時に、微かな苛立ちをも感じた。

「そんなことは出来ないだろう」

「そう、やっぱりあなたはオトナね。だから好きよ」

あなたが好き、女のそんな言葉がまたしても彼の心にひっかかってくる。彼は膨れあがってくる想念に捉われはじめた。

操を守っておくためには……、他の男の傍で快感が軀に浮び上ってくると、彼女はそれが高潮してゆくのを抑えようとする。そのときには必ず、愛する男の姿が女の脳裏に浮ぶ筈だ。あたかも身を守る楯であるかのように、密着している他の軀との間にその男の姿をすべり込ませて、彼女は迫ってくるものを禦《ふせ》ごうとし、自分の内部で湧き上るものを抑えようとする。他の軀からそそぎこまれようとする快楽の量と愛する男の幻影がしばらく拮抗し、ついに愛人の面影の周囲がギザギザになり、やがて罅《ひび》割れて四方へ淡く拡散してしまう。

その想像から、えたいの知れない苦痛を感じて、彼はおもわず、

「操を守ってもらうような男にはなりたくない」

と呟くと、口説かれた女が巧みに相手をそらすように、女はかるく笑って、言った。

「あら、ずいぶん取り越し苦労をしてるのね」

その言葉は彼を不快にした。単なる娼婦の言葉が自分の心を傷つけているという事実が、一層彼を不快にした。彼の心は、それに反撥した。

彼は、もう一度、女をはっきり娼婦の位置に置いてみなくてはならない、と考えた。女をホテルに誘って、その軀を金で買ってみよう。

彼はそのとき、女の眼が濡れた光におおわれているのに気付いた。巧みに相手をそらすような言葉とは釣合ぬものが、その光にある。恋をしている女の眼の光に似ていた。彼は不安になり、そして不安になった自分に擽ったい気持を覚えた。いままでの話題が、女の欲情を唆ったまでのことなのだろう、煽情された光なのだろう、と彼は女を見詰めた。

女は彼の視線に気付き、軽く唇を噛むと下を向いて乱れた呼吸をととのえていたが、急に顔をあげると笑い声をたてた。

その声は、周囲のテーブルの人々が振向くほど、華やかで高かった。

しかし、その笑い声は不意に消えて、ふっと寂しい表情が女の顔を覆った。その顔を見て、喉もとまで出かかっていた誘いの言葉が、彼の唇でとどまった。眼に見える掌が彼の口に押し当てられて、出てゆこうとする言葉を阻んでいるかのようだった。このとき彼は、相手が軀を売る稼業の女であることが、かえって女をホテルへ誘うことを躊らわせているのを感じていた。

ともかく戸外へ出よう、と彼は思った。

女を促して立上ると、裏の出口へ向った。この地下の喫茶室の裏口は、狭いコンクリートの階段が細い裏通りに口を開いていた。

喫茶室の内部からの視線も遮られている人気ない階段の下に佇んだ女は、彼の顔をちょっと窺い、小走りに一息に駆けあがってしまった。下駄の乾いた音が、あたりの堅い壁に反響した。短冊形に外の光が輝いている出口に、逆光を受けて佇んでいた女は、彼がゆっくりと昇ってくるのを待って、

「今度お会いするまで、わたし、操を守っておくわね」

と囁くと、微笑《ほほえ》みを残して急ぎ足に去っていった。取残された彼の心に、このときはっきりと、女が固有名詞となって這入りこんできた。海浜の旅館で彼が書き記した封筒の宛名のなかの「道子」という女の名が、ぽっかり彼の瞼に浮び上ってきた。

晩夏から秋が深くなるまでの約一ヵ月半の間、山村英夫はかなりの回数の朝を、道子の部屋で迎えた。

そのために必要とした金の遣り繰りのために、彼は月給の前借をしたり、曽祖父から

伝わった「水心子正秀」の銘刀を金に替えたりした。但し、この刀に関しては、女のために先祖伝来の品を手離すという気持ではなく、彼には山村家の家系を自分で断絶してしまおうという密《ひそ》かな気持があって、その方へ力点が懸っているのだと、自分の行為を解釈していた。

だが、金を工面してつくって女に通ったという事実は、動かせない。そして、それはすべてあの日曜日の別れ際に道子が囁いた「操を守っておく」という言葉のせいだ、と彼は考えようとした。

その言葉は、彼を苛立たしい気分にさせた。その苛立たしさは、道子の言葉によって導き出される風景から与えられる、肉体的な不快感であると彼は思った。彼自身の影像が道子と見知らぬ男との肉体の間に挟まれて、あるいは圧縮されあるいは拡散しかかっているあの風景。その不快感から脱れるためには、道子の傍の見知らぬ男たちを排除して、彼自身がずっとその位置にいる以外に方法はなかった。

彼はその苛立たしさを、あくまでも生理的なものに看做そうとしていたが、しかしそれだけでは済みそうにない症状が次第に濃厚にあらわれはじめた。

午後十一時。

この夜も、彼は道子の部屋へ泊ろうとして娼家の入口に歩み寄っていった。

店頭に佇んでいる女たちは彼の顔を見覚えて、誘いの声をかけることはなくなっていたが、目立って背の高い女が、傍を通り過ぎて店内へ入ってゆこうとする彼の耳もとで囁いた。

「ちょっと。頸《くび》すじのところをつまんで呉れない。はやくお客があるおまじないにさ、あんたにやってもらうと縁起がいいのよ」

彼は立止って、肩先までかかっている女の髪を持ちあげた。漆黒の豊かな毛髪が、人の好さそうな平凡な顔を縁取っていた。

頸すじの筋肉をつまみ上げながら、

「どうして、僕だと縁起がいいのだい」

と、彼は訊ねてみた。

「どうしてもさ」

「それなら、もっと縁起のいいように、お尻を撫でておいてやろうか」

「バカ、おねえさんに叱られるよ」

道子がこの店へ来てから、すでに二年間が経っている。一方、女たちの移り変りは激しいので、彼女はこの店での最古参になってしまった。従って、他の女たちからは「おねえさん」と呼ばれていたが、その女の口調には、そのためばかりでない好意が感じられた。

約十分後、風呂へはいるために彼と道子が階下へ降りてゆくと、その背の高い女が面映げな若い男を従えて、意気揚々と登ってくるのに出逢った。

女は片眼をつぶって彼に合図をおくり、狭い梯子段の途中ですれ違いざま道子の腰を強く掌で叩いた。道子の笑い声が、華やかに彼の耳をうった。

風呂から上って先に部屋へ戻り、窓に腰をおろして街の光景を見下していた彼に、道子は黙って冷たい牛乳瓶を手渡すと、

「ね、また暫くつきあって」

と言いながら、ダイスの道具を取出した。

その夜は、彼には悪い目ばかり出た。一方道子は大そう運がついていた。五つの骰子《さい》が、机の上で乾いた音をたてて転がって止ると、何かしら役のついた骰子の目が並んでいるのだ。

彼女は興に乗って、幾度も繰返して骰子を振りつづけている。

不細工に大きい木製の骰子を五つ、ボール紙の筒のなかへ入れて、小さい机の上に振り出す。女はすでに、かなりの額の貯金を持っているらしい。部屋の調度品も、よく選

ばれたものを揃えていたし、いま骰子を転がしている机も紫檀《したん》であるが、このダイスの道具だけは粗末だった。

もしこの遊戯の道具も金のかかった品であった場合、彼女の身をとりまく侘しさは却って深いのではなかろうか。彼は次第に、輪郭がはっきり定まらない、とりとめのない物思いに捉われていった。

街では、鋪装路をひっきりなしに歩む遊客の靴音と、男を誘う女たちの嬌声が、執拗に繰返される主旋律のように響いていた。

にわかに、罵りあう声が、街の一角から巻起った。彼の物思いは、破られた。悪罵の言葉のなかから、飛び抜けて鮮明な女の声が浮び上って、

「どうせ、あたしは淫売《いんばい》だよッ」

と叫んだ。続いて、男の濁った声が、

「へえ、おまえ淫売だって。インバイて、いったいどんなことをするんだい」

「ヘン、そんなこと知らないのか。淫売てのはね」

と、そこで女の声が詰った。

彼はひどく切迫している自分の心を知った。彼には、道子の顔が正視できない。伏せた眼に、机の上の骰子の目が映ってくる。四つの骰子が1、残りの一つが5を示してい

る。数秒前、彼女が振った骰子なのだ。

街全体がにわかに静寂になって、次の言葉を待っているように思えたとき、戸外の女の声が急に勢いづいた語調でふたたび叫びはじめた。

「そりゃあ、淫売てのはね」

彼は、彼自身がこれから定義されるかのように緊張した。甲高い女の声が、次の言葉を発した。

「そりゃね、インをバイするのさ、ハハハ」

「アッハッハ」

酔っているらしい相手の男の明け放しの笑い声が続いて、室内の彼の緊張は急速にとけていった。

彼は、5の目の骰子を素早く親指の腹で押して、1の目に変えると、

「おい、きみ、すごい目が並んでいるじゃないか」

と、道子の肩をかるく押した。

「あら、わたし呆んやりしてしまって……。まあ、すてき。全部1じゃないの」

そう言ってから、道子は大きな笑い声を立てた。その笑い声は、平素と同じく暗い翳のない華やかさだった。しかしこの場合、声に籠った量感は、彼女の笑い声から暗い翳

を拭い去るためのもののように思えて、却って佗しく彼の耳に響いた。

別の日の朝、九時過ぎ。

彼は道子と一緒に、娼家の裏口から出ようとしていた。

道子の部屋に泊った翌朝は、彼は一層怠惰な会社員になり、彼女とともに朝の街へ出てコーヒーとトーストを摂ってから、十一時近くに出社する。

狭い路地で道子と軀を押し合うようにしながら背を踞《かが》めて、裏木戸を開けようとしていると、外側から戸がひらいて彼の眼前に老人の顔があった。扇形に拡げた幾冊かの薄い印刷物をもった手を煽ぐように上下させながら、皺にかこまれた口をすぼめて、来年の運勢暦だから買ってくれ、といった。

不意を打たれて恥じらった彼の眼に、冊子の表紙に印刷されている「何某易断所本部」とか「家宝運勢暦」とか筆太の文字が映ると、おもわずポケットの金を探って購《か》ってしまった。道子が肩越しに覗きこんで、はやく自分の運勢を調べて呉れ、といった。彼は歩みを遅くして、その冊子をめくって彼女の星を探した。そのときはじめて、道子が四つ下の年齢であることを知った。

道子の運勢の載っている頁を探しているとき、自分では全くこのような暦を信じていないのにもかかわらず、彼は良い星を彼女のために願っているのに気付いた。

この時刻の娼婦の町には、人影はほとんど見られない。毛の短い白い犬が彼の方へ首を向けて、短く吠えた。その声がガランとした街に、深夜の鳴声のように反響した。

街はネオンに飾られた夜とはまったく変貌して、娼家はすべて門口を閉し、化粧を落し、疲れて仮睡《まどろ》んでいる。夜には無かった触手がその街から伸びてきて、彼の心に搦みつこうとする。このときの彼の眼には、道子が昔ながらの紅燈の巷《ちまた》に棲む女、大時代な運勢暦に一喜一憂する女として映り、その女の心を慮《おもんぱか》って彼は道子に良い星を願ったのであろうか。

ともかく、この彼の心は、道子へ向ってはっきりした傾斜を示していた。運勢暦の、彼女の年齢が当っている「九紫火星」の頁に、大盛運という活字と、真白い星印を見たとき、彼は安堵の感を覚えた。

九紫火星の欄には、さらに旭日昇天という文字とともに稚拙な挿絵がついていて、水平線上に輝いている朝日に向って勇ましく進んでいるポンポン蒸気のような船が描かれてあった。

道子はそれを見て、「ずいぶん、ハデな絵ねえ、来年はいくらかいいことがあるのかしら」と、控え目の笑顔を示した。彼はこのとき初めて、彼女の笑い声に哀切な翳を見たように思った。

それでも、喫茶店の椅子に坐ったときには、道子の口はほぐれて、「はやくこの商売から抜け出したい」と語りはじめた。

「ママさんにはね。どこかの支店を委《まか》せるからやってみないかって、言われているのだけど、どうせ廃めるのならキッパリ縁を切りたいの。貯金がもっと出来たら、花屋さんをやろうかと思ってる。うんとお金があったら、お湯屋さんの方が儲かるそうだけど。手相を観てもらったら、わたしやっぱり水商売に向いてると言われたけど、お湯屋さんて水商売のうちかしら」

と言って、彼女はいつもの華やかな笑い声をひびかせた。

彼は、道子のいなくなった町を思い浮べてみた……。

そのときは、自分は道子の花屋へ何の花を買いに行くだろう。だんだらのチューリップなどが陽気でよい。銭湯を開業したら、手拭とシャボンをもって一風呂浴びに行くわけか。

彼の耳に、ふたたび道子の声が聞えてくる。

「一度廃めたら決して戻ってこないようにしたいわ。廃めたひとたちの殆ど全部が、また戻ってきていますものねえ。そんなことになったら、わたし、自分に恥ずかしいの」

そして、彼女は眼を伏せ、呟くように言った。

「つらい、ことですわねえ」

別れて、電車に乗り、座席に坐って先刻の道子との会話をぼんやり反芻《はんすう》しながら手に持っていた運勢暦の彼自身の星を探してみた。四緑木星、小衰運という星で、故障した自動車の下に仰向けに這い込んで修繕している男の絵が載っている。『本年貴下は本命年になりました。俗に八方塞がりといいますが……、云々』という文字を拾い読みながら、先刻道子のために暦を開こうとしたとき自分の心に動いたものについて、彼ははじめて考えをめぐらせはじめた。

そのとき、隣席から話しかけてくる声が、彼の物思いを断切った。

「珍しいものをお持ちですな。お若いのにおめずらしい、御研究になっているのですか」

首をまわしてみると、古びた詰襟の服を着た中年の男が、落ち窪んだ眼窩《がんか》のなかで眼を光らせていた。

彼は曖昧に、いや別に、と答えた。しかし、以後終点までどうやら偏執的なところの感じられるその男から、運命の神秘についての退屈な講義を聞かされ続けなくてはならなかった。

十月も末に近づき、山村英夫のいる事務室の窓からは、鈴懸の街路樹がその葉群のてっぺんを、黄ばんだ色に変えてゆくのが見られた。

その季節のある朝、出社した彼が少女の淹《い》れてくれた熱い茶を飲みながら新聞を眺めていると、隣席の古田五郎が白い角封筒をさしのべてきた。

古田五郎——。その男と山村英夫とは、麻雀の打合せとか、悪事の相談とかのときには円滑に会話が弾むのであったが、それが済んでしまうと沈黙がやってくる。

山村英夫は、この男と同じ範疇の語彙で会話できるのは麻雀と娼婦についてだけだ、と考えていたが、数ヵ月以前から娼婦についての話題は彼等の間から除かれた。それは、古田五郎に社の重役の娘との縁談が起ったためだ。彼はその縁談に頗《すこぶ》る熱心で、にわかに素行を慎みはじめたのである。一方、その縁談によって出世の約束手形をポケットへ入れることが出来たかのように、以来彼の同僚にたいする態度は横柄になった。

白い封筒をはさんだ古田の指に、金の婚約指環が光った。果して、封筒からは金縁の堅い紙片があらわれて、古田五郎と何某の次女何子とが十一月△△日に結婚披露宴を行う旨が、印刷されてあった。

「君には、社の同僚代表ということで出席してもらいたい」

「出席するよ」

古田五郎は、ゆっくりした大きな動作で腕をうごかしてロイド眼鏡を外し、水色の縞のはいったハンカチでレンズを拭きながら、凝っと上眼使いで相手を見て、

「ところで、服装は背広でも結構だが、式服ならそれに越したことはない。なにせ、相手の家があのとおりなんでね、ハッハッハ」

人間の男の充足した表情を露わに示して笑っている顔を、ぼんやり眺めながら、山村英夫は「このようにして、また一組の夫婦が出来上ってゆくのだな」と感じていた。

その華燭《かしょく》の宴が迫ったある午後、関西の造船所と連絡しなくてはならぬ急用が出来て、山村英夫はにわかに出張することになった。

披露宴の前夜までには帰京できるように予定をつくりながら、独身者の気軽さで鞄にタオルを入れただけの旅仕度をして、彼はそのまま東京駅へ向った。

古田五郎の結婚式の前夜、予定どおり旅行から戻ってきた山村英夫は、娼家の一室にいた。

道子は彼と一緒に風呂へ入り、煤煙で汚れた彼の髪の毛に石鹸を二度つけ直して、丁寧に洗ってくれた。道子が彼にたいして抱いている感情の基調をなしている好意は、この日は上昇して恋慕の情に近くなっているかのような風情《ふぜい》が、彼女の態度から窺われた。

それは、彼が身につけて持ち帰った旅のにおいが、道子の感傷を唆ったためであったかもしれない。しかし、彼女のこのような状態に気を許してはいけない。たとえば、ある夜、彼は道子と数日後の正午にあの地下喫茶室で待ち合せて、映画を観にゆく約束をした。道子が忘れないように、壁に懸っている製薬会社の大きなカレンダーの約束の日付の上に、彼は鉛筆で印をつけようとした。そのとき、道子は彼の手をそっと抑えてこう言った。

「あら、いけないわ。ほかのお客さんがヘンに思うから」

彼は部屋に戻って、窓に腰かけた。

道子の部屋は、二階からさらに短い階段を昇った中三階にあって、そこから彼は町のたたずまいを見下した。この町を歩いている男たちは、大部分が靴を履いた背広姿である。女たちは殆ど洋装で、キャバレーの女給と大差ない服装だ。

高い場所から見下している彼の眼に映ってくる男たちの扁平な姿、ゆっくり動いていた帽子や肩が、不意にざわざわと揺れはじめた。と、街にあふれている黄色い光のなかを、燦きながら過ぎてゆく白い条《すじ》。黒い花のひらくように、蝙蝠傘がひとつ、彼の眼の下で開いた。

町を、俄雨が襲ったのだ。大部分の男たちは傘を持っていない。

色めき立った女たちの呼び声が、地面をはげしく叩く雨の音を圧倒し、白い雨の幕を突破った。

「ちょっと、ちょっと、そのお眼鏡さん」

「あら、あなたどこかで見たことあるわよ」

「そちらのかた、お戻りになって」

めまぐるしく交錯する嬌声。しかし、その誘いの言葉は、戦前の狭斜《きょうしゃ》の巷について記した書物に出てくる言葉から殆ど変化していないことに、彼は今はじめてのように気付いた。

彼はその呼び声を気遠く聞きながら、夜はクリーム色の乾燥したペンキのように明るいだけの筈であるこの町から、無数の触手がひらひらと伸びてきて、彼の心に搦みついてくるのを知った。

夜のこの町から、彼ははじめて「情緒」を感じてしまったのである。

すっかり脂気を洗い落してしまった彼の髪は、外気に触れているうちに乾いてきて、パサパサと前に垂れ下り、意外に少年染みた顔つきになった。

その様子をみた道子の唇から、

「はやく、あなたに可愛らしいお嫁さんを見付けてあげなくてはね」

という言葉が出ていった。

しかし、道子は「可愛らしいお嫁さん」を見付けられる環境には置かれていない。その言葉の意味は何なのだろう。

彼は疑い、そしてたじろぐ気持も起ってきた。その間隙に不意に浮び上ったものがある。

「そういえば、明日は古田五郎の婚礼で、僕も出席するわけだった。それもなるべくモーニングを着てという次第だ」

脳裏に浮んだこの光景は、彼の顔に曖昧な苦笑を漂わせた。

その笑いを見て、道子は言った。

「あら、あなた、もう奥さんがおありになるのね」

彼はおどろいて、女の顔を見た。女の眼は、濡れていた。

たやすく軀を提供するだけに却って捉え難い娼婦の心に、触れ得たのかという気持が彼の胸に拡がっていった。

甘い響きをもった声が、彼の唇から出ていった。

「バカだな、僕はまだ独身だよ」

道子は不意を打たれた顔になった。

かがやきはじめた女の瞳をみて、彼の心は不安定なものに変っていった。

道子の傍で送ったその一夜は、夢ばかり多い寝ぐるしいものだった。その夢のひとつで、彼は道子を愛していた。それまで道子が娼婦であることが彼の精神の衛生を保たせていたのだが、ひとたび彼女を愛してしまったいまは、そのことが総て裏返しになって、彼の心を苦しめにくるのだった。

瞼の上が仄《ほの》あたたかく明るんだ心持で、彼が眼を開くと、あたりには晩秋の日光が満ちていて、朝の装いをして枕もとに端坐している道子と視線が合った。彼女は眩しそうな優しい笑顔を示して立上ると、彼に洗面道具と安全剃刀を渡して、言った。

「はやくお顔を洗っていらっしゃい」

ずっと以前から道子という女とこのような朝を繰返している錯覚に、彼は陥りかかった。

しかし、階下の洗面所から再び部屋へ戻って、乱れている髪を整えようと、櫛を探すため鏡台の引出しを開けたとき、そこに入っていたものが彼の眼を撲《う》った。使い古した安全剃刀の刃が四枚、重なり合って錆びついているのだ。

その四枚の剃刀の刃から、数多くの男の影像が濛々と煙のように立昇り、やがてさまざまの形に凝結した。道子に向って、あるものは腕をさしのべ、あるものは猥《みだ》らな恰好をした。

はげしく揺れ動くものを、自分の内部に見詰めながら、彼は何とかして平静を取戻そうとした。しかし、鋭い鉤が打込まれているのを、認めないわけにはいかなかった。それでも、彼はその状態から逃れ出そうと企んでいた。

道子は、駅まで送ってくる、と言った。二人の吐く息が白く、道路の改修工事で掘りかえされた土に霜柱が立っていた。十一月中旬のこの朝としては、おそらく例年にない低い気温なのであろう。途中、繁華街に並行した幅広い裏通りの喫茶室に、二人は立寄った。

ヒュッテ風の建物の階上へ昇ってゆくと、室内には午前の光がななめに差し入って、光の縞のなかで細かい塵埃がキラキラ舞っていた。窓際の席に一足さきに歩み寄った彼は、光を背にした位置を占め、前の椅子に道子のくるのを待った。

前の椅子の背には、日光がフットライトのように直射していた。何気なく、道子が彼と向い合って腰をおろしたとき、明るい光が彼女の顔を真正面から照し出した。

彼は企んでいたのである。皮膚に澱んだ商売の疲れが朝の光にあばきだされて、瞭《あきら》かな娼婦の貌が浮び上るのを、彼は凝っと瞶めて心の反応を待っていた。

眩しさに一瞬耐えた道子の眼と、彼の眼と合った。彼女は反射的に掌で顔を覆い、その姿態のまま彼の傍に席を移すと、ゆっくり腕をおろし、やがてハンカチでかるく頬をおさえながら、

「コーヒーちょうだい」

と、低い声で給仕に呼びかけた。

背けた視線を窓の外へ向けた彼は、道子が彼の企みに気付いたのかどうか、思いめぐらしていた。「ただ眩しかっただけなのだ、この密かな企みに気付くなんて、そんなことがあり得るだろうか」

そのとき、彼の眼に、異様な光景が映ってきた。

道路の向う側に植えられている一本の贋《にせ》アカシヤから、そのすべての枝から、夥《おびただ》しい葉が一斉に離れ落ちているのだ。風は無く、梢の細い枝もすこしも揺れていない。葉の色はまだ緑をとどめている。それなのに、はげしい落葉である。それは、まるで緑いろの驟雨であった。ある期間かかって少しずつ淋しくなってゆく筈の樹木が、一瞬のうちに裸木となってしまおうとしている。地面にはいちめんに緑の葉が散り敷いた。

道子は、彼の視線を辿ってみた。

「まあ、綺麗、といっていいのかしら……。いったい、どうしたのでしょう」

「たぶん、不意に降りた霜のせいだろう」

と彼は答えながら、その言葉を少しも信じようとしない自分の心に気付いていた。

彼は、今夜はなるべく黒っぽい背広に着かえて、隣席の同僚の華燭の宴に出席することにしよう、と物憂く考えた。


披露宴は滞《とどこお》りなく終り、満悦の表情を隠さず示した古田五郎は、新婦を伴って熱海へ発っていった。

東京駅のプラットホームに取残された山村英夫は、道子という女に向って傾斜している自分の心を見詰めて、暫く佇んでいた。

彼は街へ出て、映画を一つ観た。その外国映画には、キラリと光る鋭さを地味な色合いの厚い布でおしつつんだような演技を示す女優が主演していた。そのJ・Jという女優が道子に似ていると、彼は以前から思っていた。以前にそのことを彼が告げたとき、道子は、「わたしは誰にも似ていなくていいの。わたしは、わたしだけでいいのです」と言った。その言葉には、昂然とした語調は伴っていなかった。彼は狼狽して、「贅沢を言うなよ。J・Jぐらいで我慢して置きなさい」と笑いに誤魔化そうとしたのであったが。

映画館から出て、しばらく一人で酒を飲んでいたが、やがて彼の足は、あの道子の棲んでいる、原色の色彩が盛り上り溢れている地帯へと向いていた。

午後十時、彼が道子の娼家へ着いたとき、彼女の姿は見えなかった。呼んでもらうと、暫くして横の衝立《ついたて》の陰から道子の顔があらわれた。

躯は衝立のうしろに隠れ、斜にのぞかせた顔と、衝立を摑んだ両手の指だけが彼の眼に映った。ちらりと露《あらわ》れた片方の肩からは、慌てて羽織った寝巻がずり落ちそうになっていた。

道子は、囁くような声で言った。

「いま、時間のお客さんが上っているの。四十分ほど散歩してきて、お願い」

それから彼の顔をじっと見詰めて、曖昧な笑いを漂わせながら、

「ほんとうは、今夜は具合が悪いんだけど。わたし、疲れてしまったの。さっき、自動車で乗りつけてきた人が、ホテルへ行こうというの。初めての人だったけど、面白半分、行ってみたらねえ……、とっても疲れちゃったの。だって、あなたがくるとは思わなかったんですもの。今朝、お別れしたばかりだったから」

この四十分間の散歩ほど、彼のいわゆる「衛生」に悪いものはなかった。

縄のれんの下った簡易食堂風の店に入って、彼はコップ酒と茹《ゆ》でた蟹を注文し、そこで時間を消そうとした。しかし、蟹の脚を折りとって杉箸で肉をほじくり出しているうち、自分の心に消しがたい嫉妬が動いているのを、彼は鮮明に感じてしまった。

それは明らかに、道子という女を独占できないために生じたものだった。道子を所有してゆく数多くの男たち。彼女の淑かな身のこなしと知的な容貌から、金にこだわらぬ馴染客も多いそうだ。

娼婦の町の女にたいして、この種の嫉妬を起すほど馬鹿げたことはない。それらは当然の事柄として、女に付随しているものなのだ。理性ではそう納得しながらも、嫉妬の感情はすでに動かし難く彼の心に喰い入っていた。

この場に及んでも、彼はその感情を、なるべく器用に処理することを試みた。「嫉妬を飼い馴らして友達にすれば、それは色ごとにとってこの上ない刺戟物になるではないか」

二杯目の酒を注文した彼は、寛大な心持になろうとして、次のような架空の情景を思い浮べた。……それは、道子に馴染んだ男が数人集って、酒を酌みかわしているのである。

「いや、なんとも、あの妓《こ》はいい女でして」「まったくお説のとおりで、これをご縁にひとつ末長くおつき合い願いたいもので、ハッハッハ」……そんな馬鹿げたことを空想している彼の脳裏に、ぽっかり古田五郎の顔が浮び上った。

いま、彼の頭のなかで響いた「ハッハッハ」という笑い声は、古田五郎が商取引のとき連発する笑い声の抑揚であったからである。

「あの男なら、やり兼ねないことだ」と考えると同時に、彼の心象の宴会の風景は、みるみるうちに不快な色を帯びはじめた。

酔いは彼の全身にまわっていた。

捥《もぎ》られ、折られた蟹の脚が、皿のまわりに、ニス塗りの食卓の上に散らばっていた。脚の肉をつつく力に手応えがないことに気付いたとき、彼は杉箸が二つに折れかかっていることを知った。

軽い骨

某赤線区域にある某店の女君子が午前十時半になっても起きた気配がないので、朋輩の女が部屋をのぞいてみた。その店では、朝は十時半まで寝ていてよいことになっていた。

二階にある君子の部屋の戸を開けたその女は、叫び声をあげ、安普請の家をゆるがせながら階下へ走り下りてきた。新しい血の汚染《しみ》が枕もとに大きく拡がっていて、君子は布団の上に突伏せになって動かなかった、という。小さな家の中は大騒ぎになり、医師が呼びに走らされた。

医師が来たが、すでに君子の呼吸は停っていた。ちょうど、娼婦が殺される事件が新聞紙上につづけて報道されている時期だった。前夜、彼女の部屋に泊った会社員風の男は、早朝に店から去ったらしく姿が見えなかった。しかし、医師の診断では、肺を侵されていた君子に不意の大喀血が襲って血の吐き方が不手際であったために窒息した、というのである。その際、物音やうめき声がした筈だが、娼家では少々の雑音には皆無関心なのだ。

君子の突然の死によって、店の女主人は不機嫌になり、店の女たちは興奮して多弁になった。一室に集って、君子のことや君子に無関係のことを喋りちらしている。

「昨日の昼間、洋服の生地を見に街へ行ったらさ、パチンコ屋の店先に縫いぐるみの招き猫が置いてあって、ゆっくり手を動かして招いているのさ。うまい仕掛に作ってあるなと思って、傍に立って眺めていたら、いきなりその布の猫が抱きついてくるじゃないの、中に人間が入って、手を動かしている仕組なのさ、ご苦労なこったねえ」

「そんなとこへ入っていたら、蒸れてさぞ暑いだろうねえ。機械のかわりなんて、いやなこったねえ」

「交通巡査だって、似たようなものよ」

「あんたたち、なに言ってるのさ、あたしたちが第一番に、そうじゃないか」

「生きてるやつ、みんなそうよ。だから、自分の時間ができると、一生懸命気を紛らわそうとするのさ。だから、あたしたちも食べて行けるってわけなんだ」

四、五人の女たちの会話である。

厄介な事柄が起ったので、女主人は不機嫌であった。とくに、君子は身もとも連絡先もはっきりしないまま傭《やと》ってあったので、一層面倒だった。

しかし、彼女の部屋にある衣類と道具を売り払えば、店にたいしての若干の借金と葬式の費用はできそうだった。目星しい道具類に、電気蓄音機と洋服ダンスがあった。ところが、君子の部屋を引っかきまわしていた女主人と女たちが首を傾げてしまったものが、押入の隅から出てきた。

それは、ズックの大きなスーツケースで、その中にいっぱい奇妙な品物が詰っている。デパートの綺麗な包紙にくるまれたいろいろの形の小さな品で、紙を開いてみると、木のシャモジとか割箸の包とか針金を曲げて作ってある卵の白身を泡立てる器械とか、安物の台所用品ばかり次から次へと出てくるのだ。こんなものをなぜこんなに沢山、君子が大切そうに仕舞っていたのか、誰も分らなかった。君子と仲の良かった筈の女にもその品物の意味は分らなかった。

君子の死体は、早速その日の昼間、棺に入れられて火葬場へ運び出された。こういう場所は、白昼がもっとも人間の気配のない時刻なのである。

君子の軀は、一握りの骨と変って素焼の壺に収められ、帳場の戸棚の隅へ置かれることになった。

君子に馴染んでいた客が幾人かあって、彼女の死んだことを知らずに店に顔をのぞかせることがあった。店の女たちは数日後には、すでに君子のことは忘れかけはじめていたが、君子の客の姿を見るごとに彼女の死んだ日の興奮を取戻して、その日の一部始終を客に物語るのであった。

客のうちには、話を聞くと多弁になって、ひとしきり君子についての話が弾むことがあった。

「あの子は、澄した顔をしているとなかなか美人だったが、笑うといけなかったな。鼠みたいに尖んがって、顔中皺だらけになるとおもっていたが、あれはやっぱり胸をやられて窶れていたんだな。可哀そうに、やさしい良い子だったが、ここに居たんじゃ、死んじゃうよ。なにか他の商売はなかったもんかねえ」

「なに言ってんの。やさしい良い子だったから死んじゃったのさ。それに、肺病やみの女に稼げる商売があったら、教えてもらいたいね」

「君は、意地悪なわるい子だから、殺したって死にはしないってわけか」

「ともかくね、死んじまったものは死んじまったものさ。どう、今度は君ちゃんのかわりにあたしのとこで遊んで行かなくって」

会話の間に、例のズックの鞄の中身についての話が一度は出るのだが、そのことに関して知っていると言った客は一人もいなかった。しかし、その店を訪れた君子の客のうちで、一人の若い新聞記者は知っていたのだ。といって、彼の職業の材料になる事柄でもなく、また店の女に話をする気持にもなれなかった。彼の名は大川周次という。

大川が君子の許に泊った翌朝は、必ず彼女は街まで一緒に出て、彼を大きな百貨店の中へ誘う習慣が、ある朝以後できていた。

百貨店の売場に佇んでいる彼の傍で、君子は安価な小さな台所用品を一つだけ購う。そして必ず、丁寧に包装してもらう。たとえ、妻楊枝の束一つでも、亀の子ダワシ一つの場合にでも。

「お嫁入り道具を買いに行くの、またつき合って」

そう言って、君子は彼を朝の街へ引っぱっていった。

「そりゃあね、冷蔵庫とか電気洗濯機が買えればもっといいにきまっているけれど、そうもいかないでしょう。前借を戻して貯金が蓄ったら、廃めて結婚するの」

最初、百貨店の売場でそう囁かれたとき、彼は戸惑って不安になった。しかし、彼女のいろいろの話から考え合せてみると、彼が結婚の相手というわけではなく、また特定の相手があるわけでもない様子だった。前借を返し、貯金をし、廃業して結婚、それが彼女の夢なのだ。その夢を抱いていることが彼女の生きがいであり、その夢を身近なものに引き寄せるために、彼女はこの貧しい買物に出かけるのである。

その際、若い男と連れ立って行くことは、一層彼女の心を愉しませる。そしてこの買物の同伴者は彼一人なのである。華燭の典を間近に控えた若い女が、その許婚者と連れ立って、新しい所帯の道具を買いととのえている空想が、彼女の頭に満ちてくる様子だった。

いそいそと、頬をほてらせて、いかにもたのしげに、という平凡な表現はこのときの君子のために作られたかのように思えてくる。そんな表情で、彼女は売場の前に立つ。その表情のむき出しの感じに大川はいつもいささかたじろいだ。気持の平衡を取戻すために彼はわざと考えてみる、……貯金が蓄ったらひとつ全部まき上げてやるか、と。そんな具合に、彼の気持は揺れ動くのだが、間もなく平らに鎮まって傍観者としての眼が彼に戻ってくる。彼は仔猫が手鞠に戯れている恰好を眺めている気持で、君子の姿を眺めている。

君子について気に入っている事柄が、一つあった。

それは、彼女の乳房である。いや、むしろ乳房に浮び上って見えている太い血管なのだ。肺を侵された彼女の軀はすっかり痩せてしまっているのだが、乳房だけが痩せ残っていた。肋骨が並んで透けてみえる胸に大きな乳房が並んでいた。その乳房に、太い静脈がまるで青い首飾りを掛けているように、浮び上っているのだった。

最初に彼が君子と会ったとき、彼は指先でその血管の上を幾度も幾度もなぞってみた。彼女は彼に見付けられたその異常に膨れ上っている静脈について弁解する口調で、

「あたし、胸が悪いの。このところ暫く休んでいたのだけど、またここに出ているの。むかしはもっと肥っていたのにねえ」

大川は、「可哀そうに、可哀そうに」と唱うように呟きながら、更に幾度も幾度もその青い血管の上を指先で撫でてみた。彼の気持では、「可哀そうに、そんなことでは、この女も間もなく死んでしまうほかに道はないだろう」と言葉がつづくのであったが、君子の方ではその言葉を彼の優しい心のあらわれと考えた様子であった。以来、彼は君子の軀をいたわるように取扱ったり、逆に荒々しく取扱ったりした。そのことも、彼女の心の底の方では気に入っている様子だった。

ある日の夜半、大川は彼女に背中を蹴飛ばされた。眠っていた君子が悪い夢に魘《うな》されて、痙攣して跳ね上った脚が彼の背を打ったのである。

「いきなり蹴飛ばしては困るね。背骨が折れるじゃないか」

「こわい夢を見たの。どうかしたのじゃないかしら、あたし心配だわ」

「どんな夢を見たんだ」

君子は真剣な顔つきで、夢の話をはじめた。奇妙な夢である。しかし、夢の奇怪さには彼女自身は気づいていないような誇張されたところのない話しぶりで、ただ心配の気持だけが溢れていた。

「あたしのとっても仲の良いお友達が、いま京都に住んでいるの。そのお友達の夢なんだけど、胸毛が沢山生えているの」

「なんだ、男の友達のはなしか」

「いえ、女なの。もちろん本当にはそうじゃないのよ。夢の中のお話なんだから。そのお友達の胸毛に、いっぱい虱《しらみ》がたかっているのが見えるの。毛を一本、引き抜いてみると、根元にぎっしり卵がくっついているの」

「それで、気味が悪くなって、脚が跳ね上ったというわけか」

「そうとは違うわ。だんだん、それが夢だってことが分ってきたのね。だって女に胸毛なんて変だもの。だけどはっきり眼が覚めているわけでもないのよ。うまく言えないけど。そんな気持のまま、こわい夢を見たなあ、厭な夢を見たなあ、と考えてお友達のことを心配しているうち急にひどく恐ろしくなっちゃった」

「どうも、ちょっと分らないところがあるね、どうして友達のことを心配したんだ」

「あら、あなた知らないの。胸毛に虱のたかった夢を見ると、相手の身の上に悪いことがあるっていう夢占いがあるじゃないの」

「これは、初耳だ」

「あら、聞いたことないの」

君子は彼の顔を、不思議そうに眺めながら、きわめて真面目な口調でこう言った。

「あのお友達、大丈夫かなあ。あたし心配だわ、だってたった一人のお友達なんですもの」

大川はそんな女の顔を眺めながら、「この女は、ずいぶん沢山の男に欺されてきたのだろうな」と、ふと感じた。

翌朝、彼が店を出ようとするとき、君子は一緒に街まで行くと言った。明るい光線の中の君子は、顔や姿態に浮び上る一種独特の陰に彩られてしまう。

朝の光に満ちた街をそのような君子と並んで歩くことは、大川を一瞬ためらわせたのだが、彼は君子の申し出を拒絶しなかった。いままで彼女を欺してきた男たちの一人になろうと考えたためではなく、君子の愚かさに憐憫とともに好意のようなものを持ったためである。

その朝から、彼は君子の貧しい買物の意味を知るようになったのだ。

大川周次は、君子が死んだ後にその店を訪れて、店の女から例のズックの鞄の中身についての話を聞かされたとき、その意味を説明しようとはしなかった。その替りに、彼は思いついて一つの質問をした。

「それで、後始末は無事に済んだのか」

君子があちこちの都市を転々としてきた女だということを、彼は思い出したからである。終戦は京城でむかえて、そのときは女学校のスケート部の長距離選手だったということだ。

「君ちゃん、身寄りの人が分らないでしょう。そこの戸棚の中に骨になって入っているわ」

大川は骨の壺の中から、頭蓋骨の一部とおもわれる破片を選び出してポケットに入れ、その店を辞した。その骨には、まるで虫が食ったように小さな穴が点々と空いており、脆そうな石灰色であった。

大川はその骨を上衣のポケットに入れたまま、忙しい仕事で毎日動きまわっていた。

その骨は、彼の感傷的に動いた気持を嘲笑うかのように、間もなく彼のポケットの中で粉々になってしまった。

髭

私、二十五歳、独身。過日感ずるところがあって、髭を生やした。

鼻下の左右に柳の葉を並べたような瀟洒なコールマン髭と言いたいが、いささかドジョウ髭に近い。

その髭は、思慮深そうな効果を顔に与えている点も幾分あるが、滑稽感を与える方が一層多い。

しかし、その点が、私のつけ目なのだ。髭の流行していない当節、髭を生やしている若い顔を見ると、人々は半ば笑い出しそうになりながら、ハテな、と戸惑う。ハテな、これはなかなかの曲者かもしれぬ、とおもう。まず相手の気分を和ませておいて、次にやや用心させる。そこが私のつけ目なのだ。

髭を生やした理由には、その他に人の意表に出てやろうという稚気が働いていたこともあるのは、もちろんである。

私は大学を出てすぐ、繁華街にある洋品店主になった。父親が死んだので、その跡を継いだのだ。若年の主人である私が店員たちを統御する上にも、さらには同業者の寄り合いに顔を出す場合にも、この髭はなかなかの効果を発揮したのである。

ところで、この髭は、もう一つ思いがけぬ方面で役立つことが起った。

髭を生やしていたために、私は一人の娼婦と昵懇《じっこん》になったのである。当節では、女学校出の娼婦など珍しくないが、彼女もその一人でおまけに文学少女的娼婦であった。

というと早合点する人もあるかもしれぬ。モーパッサンの小説の一節を思い出して、合点する人もあるかも知れぬ。それによれば、婦人は接吻をするとき口髭がチクチク触れてくるのを快い刺戟として好む、というのであるが、そういう意味で私の髭が好評を博したのではない。

そもそも、その娼婦のことを文学少女的と言ったが、文学作品を読んでいる気配はほとんどない。ものの考え方に、そういう傾向があるという意味だ。

紅燈の巷をそぞろ歩きしていた私を引張ったその女は、

「あら、あなたヒゲを生やしているのね、まだ若いのにねえ」

と言った。言葉づかいはなかなか丁寧で、抑揚の具合もやわらかい。

「若くて、ヒゲを生やして、わるいか」

「あなたっていう人、きっとひどく辛い目に遭ったのね。あたし、よく分るわ。それでヤケクソになってヒネクレて、そんな滑稽なものを生やしたのね」

その女のような解釈は、私が髭を生やす前にした計算の中には含まれていなかったので、私は面白くおもって誘われるままに女の後から部屋に入った。

女は、大層私に優しくしてくれた。私は辱《かたじけ》なくおもい、以来、時折その女の部屋を訪れるようになった。

部屋の中で差向いになる毎に、その女は嘆息と一緒に、いつも同じ言葉を吐き出すのである。

「あなたって、可哀そうね。ずいぶん辛い目に遭ったのね。それで、そんなヒゲを生やしているのね」

何度も繰返してその言葉を聞かされているうち、私は次第に戸惑った気持になっていった。私が主人である店の中や、同業者の寄り合いのときには、私はその髭のうしろに身を潜めて自信に満ちた気持でいる……。しかし、その女にそう言われると、髭がにわかにしお垂れて、その後から戸惑った顔が露出してしまう気分になりはじめた。

幾度目かのとき、私は反問した。

「なぜそんな風に、自分勝手に僕のことをきめてしまうんだ。可哀そうだとか、辛い目に遭ったとか」

「だってそうなんだもの。あたしがこんな場所にいるのも、あなたの顔にヒゲがあるのも似たようなものよ。どっちもヤケクソになったから、そんな不似合なものにくっつかれて離れないようになってしまったんだわ。あら、そういえば、あたしとあなたとはお似合いということになるわね」

私は、どうもそういうものの言い方が苦手だ。妙に頭が混乱して、うまく反論できなくなってしまう。

やはり私は、自分の店の中にいる時の方が、安心して自信をもって行動することができる。

そうおもっているのに、その奇妙な娼婦に惹かれるところがあるとみえて、私はまたその部屋へ出掛けてしまう。もっとも、その女の軀も大そう具合がよかった。

ある夜、その女が言った。

「今度の日曜日の昼間にね、M（と下町に在るデパートの名を言って）であたしたちの小唄の温習会があるのよ」

「ほほう、きみたちの仲間ばかりで」

「お店のおとうさんや、薬屋のおじさんも出演するけどね、だいたいそうよ。それでね、あなたに招待券あげるから、来てちょうだいね。あたしが券をあげるのは、男の人ではあなた一人だけよ」

「さて、一人だけとは眉唾だね。おまけに、僕は小唄というものは、さっぱり分らないんだ。えらく渋いものを習ったもんだな」

「あたしだって、よく分らないけどさ、暇つぶしよ。ぜひ来てね」

私は娼婦から小唄温習会への招待を受けたという話を同業者の会合のとき喋って、

「それで、どうしようかと迷っているところなんですよ」

と、髭のあたりを撫でてみた。すると、年配の男が、私にこう言った。

「そりゃあ、△△屋さん（私の店の屋号を呼んで）、あんたホレられたんですよ。ぜひ行っておやりなさい。それでね、唄を聞いたら直ぐ楽屋へ行ってね、よかったよ、とか言って肩のあたりを撫でてやるんですよ。これは今どきに珍しい、いい話ですなあ」

そう言われると、私にも満更わるい気持ではなく、当日Mデパートに出かけて行って、会場になっている六階のホールに昇っていった。ホールの入口が見えると、私は妙な気持になった。あの入口の内側にいるのは、アノ商売の人たちばかりで、外側の店内に犇めいているのは健全な家庭の人間ばかりだとおもうと、異様な気分になった。ホールの楽屋にいる筈の女が、にわかに痛々しくおもえて、年甲斐もなくいや髭甲斐もなく胸がドキドキしはじめた。

ホールへ入ると、舞台ではあから顔の中年男が熱演していた。プログラムと引合せてみると、薬屋の主人である。そして、女の出番が近づくにつれて、私の胸の動悸は一層ひどくなった。髭を生やして以来、このときほど、自分と髭とが似合ないとおもった瞬間は他になかった。

やがて女が舞台に坐って、唄い出した。私の素人耳にも、それは小唄より歌謡曲に近いようだった。

会が終って、私は、よかったよ、と言おうという心構えをしていたのに、

「どうもねえ、少女歌劇みたいだったなあ」

という言葉が口から出て行ってしまった。

その次の機会に、私が女の部屋でその女と会ったとき、女は素直な口調でこう言った。

「この前、あなたが少女歌劇みたいだって言ったでしょう。そのとき、あたし、ヘンなことを言うなあ、とおもったんだけど、あとでテープレコーダーに取っておいた声を聞いてみたら、よく分ったわ。もう、小唄はやめたわ」

「そんな、やめなくたって。僕はなにもそういうつもりで言ったんじゃないよ。よかったよ、という筈だったんだが、ついね」

「ううん、いいのよ」

と言って、女が言葉をつづけた。

「それからね、あたし、あなたの赤ちゃんが出来たわ」

これには、私は吃驚した。

「冗談じゃない。そんなことが分るものか」

「だって、そうなんだもの。予防をしないのは、あなたただけなんだもの。他の人には許してないもの。やっぱり、あなたとは縁があったのね」

私は説得して、女の腹の中にいる筈の胎児を処理するための金を渡した。こんなバカなことはない、と私は髭のうしろでしょげ返った。

女に悪智恵をつけた男でもいるのではないか、と私はそれとなく他の女などから探ってみたが、そういう模様はなかった。それよりも、その女が風変りで純情な女として評判がいいことが分った。しかし、そう分っても、バカげた目に遭ったという気持は消えない。娼婦の胎にできた子供の父親と一方的にきめられて金を取られてしまうなんて、帳尻が合ぬではないか。私は自分の阿呆面を映してみるつもりで、鏡を覗いてみた。

鼻下に髭のある顔が、鏡の中に映った。

「この髭のせいで、あの女と縁ができたのだ」

そのとき、私にはその髭が全くバカげたものに見えた。発作的に、私は髭を剃り落した。

髭の無くなった当日、私はそのことを女に見せつけてやりたい気分と、なんとなく気にかかる気持と一緒になって、女の部屋を訪れた。すると意外にも、女は歓声をあげて、

「あら、やっとあなたヒゲを落したわね。あたしと仲良くなったので、気持が明るくなってヒゲを剃る気になったのねえ。あたし嬉しいわ」

と言うのである。

私は髭が無くなって、商売には差支えるし、一方店の方へは頻繁に女から電話がかかってくるし、全く閉口している。

追悼の辞

たくさんの建物の群が、すべて燈を消して、くろぐろと夜の中にうずくまっていた。その一角を除いては、街は明るい光に満ちていた。タクシーのフロント硝子を透して見えているそのくろい一角は、みるみる近づいてきた。

先日まで、その一角にははなやかなネオンサインを点した娼家が立ち並んでいた。いまは、それらの家屋は空屋のように見える。

「運転手さん、面倒だけど、そこのところを通り抜けてみてくれないか」

車は大通りを右へ曲り、さらに狭い横丁へ曲り込もうとして一旦停車した。たちまち、若い男が近寄ってきて、車の中を覗き込んだ。相手が口を開く前に、私は手を振って断った。女を世話しよう、という男たちである。

車がゆっくり走り抜けてゆく狭い路の両側の家は、固く表戸を閉ざしている。わずかの光も洩れてこない。それでも、路上が明るんでいる場所が二ヵ所あった。一つはパチンコ屋、もう一つはおでん屋に転業した家だった。

この町を離れた車は、もとの速力を取戻して疾走していた。

「いまのところにいた女たちは、どこへ行っちまったのかねえ」

と、運転手が話しかけてきた。

「どこかへ潜ってしまったろう。いわゆる、更生した女もわずかの人数はいるだろうがね」

「あと半年もすると、これは、世の中の様子はずいぶん変ってきますぜ」

彼の言葉に、私は同意した。いや、世の中の様子は変りはしないだろう。変りはしないからこそ、赤線地帯を追い出された女たちは、いろいろの新しい売春風俗の中に潜り込んで行くことになるだろう。いまは無くなったその地域について、私はある程度の、いや、かなりの程度の知識を持っている。その地域から外に出た女が、また元の生活形態に戻ってきた沢山の例を、私は見聞してきた。

その理由は、この地域の外に女が身を置く適当な席を見出し得ないこと、女に稼がせて生活しているいわゆるヒモの存在、その他いろいろの外側からの圧力もある。しかしもう一つ、その理由を女自身の心と軀の中に見出せるのである。

私が一人の女の顔を思い浮べたとき、運転手の声が聞えてきた。

「ひどいことになりますぜ。この前も、この車に十五、六の女の子を酔っぱらわせて乗せた男がいましてね。ジュースになにか強い酒をまぜて飲ませたんだそうです。乗ってきたときはそれ程でもなかったが、車で揺られているうちに、前後不覚になっちまってね。すると、男の言い草がひどいんでさ。こうでもしなくちゃ、処女はやれないからね、というんですからね」

運転手の話の内容と、私の考えていたこととは、喰い違ってきた。彼は憤慨の口調で、喋っている。

「それで、その男は娘をかかえ降して、旅館へ連れ込んだんでさ」

「幾つくらいの男だろう」

「二十一、二のマンボズボンですよ」

「若いやつか」

「あたしは、早速交番へ車を走らせたんですが、おまわりがぐずぐずしていて、要領を得ないんですよ。ようやく引っぱって旅館へ行くと女中が出てきて、十分遅かった、というんです。それからが大騒動でさ。男は警察へ連れて行かれるし、救急車はくるし」

「救急車……」

「なんでも、柘榴《ざくろ》みたいになってしまってたそうですよ」

ちょっと口を噤《つぐ》んでいた彼は、やがてぽつりと言った。

「あたしにも、娘が二人あるんでね」

運転手は、精力の捌《は》け口を失った青年の行為と考えているわけだが、私はそれは疑問だとおもった。

この種の青年は、むしろその地帯とは縁が薄いのではないか。私はふと、赤線地帯廃止の前日の一挿話を思い出した。

ある娼家の一室で、一人の客が「蛍の光」を歌い出したのである。そして、相手の女もその歌に声を揃えた。間もなく、隣の部屋から、男女の声がその歌に加わった。部屋から部屋へ、その歌は伝播《でんぱ》してゆき、やがてその娼家は「蛍の光」の合唱に包まれた。歌は隣の娼家へと拡がってゆき、ついには町全体から別離の歌の大合唱が夜空に吹き上って行った、という挿話である。

この挿話の真偽は詳にしないが、佳い話である。幾分の感傷は混っているが、さして湿ってはいない。「蛍の光」の大合唱のあとに、「仰げば尊し」の男声合唱がつづいた、と言っても自然につながる話である。この歌を合唱している顔の中には、前記の青年の顔が這入り込む余地がないようにおもう、といえば、感傷的な考え方ということになるだろうか。

話が横道にそれた。車の中で私の脳裏に浮び上った一人の娼婦の話をするつもりだった。その女がもう一度、私の脳裏に浮び上ったのは、翌日の夕刊紙を眺めたときである。

その新聞の社会面には、「赤線と運命をともにした売春居士」というタイトルの下に、見覚えのある写真が黒枠に囲まれて載っていた。その記事の一部。『売春院生涯研究居士、という墓碑を生前につくったほどの売春研究家N氏（六四）が十八日午前十時半、肺結核で死亡した。二十日の通夜と二十一日の葬儀には、生前、氏の世話になった赤線女性や赤線幹部も多数つめかけた。都内赤線業者のほとんどが廃業届を出したのと時を同じくして、ローソクの灯の消えるように逝った老風俗研究家にふさわしい葬儀であった』

八年ほど以前、当時私が勤めていた某社へ、N氏は飄然と現れた。氏の知識を、社の仕事に提供しよう、というのである。誤解を招くといけないから言っておけば、社の仕事というのは、出版業であった。

N氏はヨーカン色に変色した和服を着用していた。その風采は、倒産しかかっている小出版社によく似合った。社の金庫には、金銭が入っていたことがなく、私たちは長い間給料を受けていなかった。私たちは、少しでも金が欲しかった。ある日、社員の一人が、N氏の顔を眺めているうち、ふと思いついて叫んだ。

「そうだ、あれを売りに行こう」

以前、社に代理部のあったときに扱っていた品物に、コンドームがあった。そのゴム製品の詰った箱が戸棚の中に沢山積み重ねられて残っていたのである。「突撃一番」という商品名によっても分るように、その品物は戦争中の製品だ。

「しかし、なにしろ古い品物だからな」

箱から取出して、引張ったり息を吹込んだりして検べてみると、幸いゴムは硬化していない様子である。

「Nさん、ひとつ、買い手を紹介してくださいな」

社員の一人である白髪の老人が、N氏と連立って出かけて行った。行先は、吉原である。

社員一同、期待して待つうちに、白髪の大男は、悄然として戻ってきた。

「これは、古い型でダメだ、というんだ」

彼はゴム製品を取出して、一同に示した。N氏がその理由を解説した。氏の声は嗄《しわ》がれて、甚だ聞き取り難かった。

「これは、先に小さな突起が付いていないでしょう。これではダメだというのです」

そのN氏が、私に一人の娼婦を引合せた。それも仕事の関係なのであったが、私はその女に馴染むようになってしまった。


ところで、赤線地帯の娼婦に二つの型がある。

一つは、そういう地域で生活してゆく疲労が皮膚に染み付かぬ女たちである。彼女たちは、魚が水の中で泳ぎまわっているように、この地域で生きてゆく。もともと、そういう生き方をするために差障りになる神経や精神を持っていない女たちだ。極端な場合は、精神薄弱の女性であって、その数は案外多い。

もう一つの型は、その地帯の汚れが、すべてその身にからまりついてゆく女たちだ。繊細な神経ややさしい心の持主は、その美徳がアダとなって、急速に汚れに染まってゆく。その地帯での一年間は、彼女たちにとって五年間にもあたるのである。

私の馴染んだ女は、後者に当っていた。私が彼女の許に通っていた四年の間に、彼女は甚しく変貌した。最初の頃は、彼女は外の世界の光の中に置いても不自然でない容姿を持っていた。私は彼女に惚れていたので、私の眼に映る彼女の姿は、いつになっても最初に会った当時の容姿から変化しない傾向があった。しかし、それでも時折、彼女の変化を認めなくてはならぬ瞬間に襲われた。

私以上に彼女に惚れ込んでいるもう一人の男がいた。惚れ込み方が強いため、彼にとっては彼女はいつまでも窈窕《ようちょう》とした美女であったらしい。彼は、この地域から彼女を脱け出させようと試みた。彼女自身にも、その気持は強かった。

彼は女の生活を保障し、住居を与え、女事務員の職を与えた。しかし、間もなく彼女は元の場所に戻ってきてしまった。

彼はあきらめなかった。彼は銀座のバアの女給の職を女に見付けてきた。しかし、それも長続きしなかった。

当時、私はそのバアを訪れたことがある。彼女は他の女たちの中で、あきらかに異質の雰囲気を漂わせていた。それが、私には辛かった。そのことに、彼女自身、気付いているのか、いないのか、「なんとなく働きにくい」と彼女は愚痴を言った。

「いつも、ぐずぐず言うって、彼が怒るのよ。ファッション・モデルになる学校に通ってみたらどうか、と言われているのだけれど」

その言葉は、ヒヤリ、とした感触で私の心を掠《かす》め過ぎた。昔の彼女だったら、その言葉はそれほど不似合のものでもない。しかし、現在の彼女にとって、その言葉はむしろ残酷なものだ。そのことは、彼女に惚れている私でも、分ることだ。その残酷さに、彼は気付いていないのだろうか、そして彼女自身も気付いていないのだろうか。多分、気付いていないのだろう。

私は暗澹とした心持になっていった。

そして、私のその心持は、何か居心地のわるい感じを彼女の心へ反射させて行くことだろう。そして、それに似た喰い違いを、彼女は外の世界でしばしば経験したことだろう。そういうものの堆積が、彼女を元の場所へ押しやってしまうのだろう。しかし、一たん外の世界へ出た彼女が元の場所へ舞い戻る理由は、そればかりではない。その地域での日常が彼女の軀を好色にさせ、その好色さが元の場所へ彼女をじりじりと押しやるのである。

彼女が元の店に戻ってきて二日目、私はその店を覗いたことがある。彼女が戻ってきているとは知らず、偶然、その店の内で彼女の姿を見出したのだ。

その日、彼女は異常に興奮していた。

「もしも、昨日会っていたら、頭から食べちまうところだった」

と、彼女は息をはずませ、言葉を探ってつっかえながら、そう言った。

平素控え目な女のそういう表現に私は驚くと同時に、彼女がこの地域から脱け出すのはなかなかの難事業であることを思い知ったのである。

以上、断片的な挿話を積み重ねたが、この中に赤線地帯廃止についての私の意見が含まれている。それを、もっと具体的に列記してみよう。

一、社会保障の制度もろくにでき上っていないのに、赤線地帯を廃止したために、売春風俗が一層複雑になってきた。

二、そのため、娼婦が検診を受けることがなくなり、病気が蔓延《まんえん》するおそれが現れてきた。

三、抑圧された男性の欲望の捌け口が、素人の女性へ向けられる機会が多くなった。それによる風俗の変化も考えられる。

四、女性にモテない、気の弱い青年はセックスの解決法に困却することとなった。

五、売春行為にいたる手つづきが複雑になったため、従前のように娼婦が一夜に数人あるいは十数人の客と交渉を持つことが無くなった。そのために、彼女たちの軀が荒廃する速度が、かなり遅くなったと考えてよい。

この第五項において、私はようやく赤線廃止の好影響を見出すことができたのである。

どういう因縁で、私は赤線地帯に足を踏み入れるようになったか。そういうことに難しい理屈もないようなものだが、一応付け加えておきたい。

一人の女性の軀に与えられた圧力や歪《ゆが》みが、その心にどういう影響を及ぼすか、またどういう喰い違いや断層が心と軀の間に現れてくるか、ということをテーマの一つとして私は小説が書きたいとおもった。その実験の場としては、売春地帯が恰好のものと思われた。私は空想の中の一人の女を、その地域に投げ込んで観察してみることにした。

十年以前のことである。その時まで、私はその町へ足を踏み入れたことは数えるほどしか無かった。私はある娼家の主人に引合せてもらい、一人の娼婦をまじえて深更まで酒を酌みかわしながら雑談した。

その一日だけの見聞によって、私はかなり長い小説を書き上げた。娼婦の町の風俗を描くのが目的ではなかったので、それで事足りたのである。

その小説の中で、私は想像にたよって一人の女を作ったわけだ。そしてその女の心と軀の関係について、推理を行ったわけだ。小説を書き上げてから、私はその「裏付け調査」をする気持になった。

私は、隅田川の西北の町や、新宿の裏町に出かけて行くことになったが、そのときにはすでに私はその種の町に愛着を感じていた。小説を書き上げるまでの数ヵ月の期間、私の空想の中に拡がっていた町とそこで働いていた女たちに、私は深い愛着を覚えてしまっていたからである。現実のその町に、私はしばしば足を向けた。やがて、N氏によって一人の娼婦に引合された。

私は、たちまち、彼女に熱中してしまった。何故ならば、彼女は私の小説に登場する架空の女主人公に瓜二つであったからだ。かなり複雑な精神の操作を行い、かなり複雑な感受性をもったその女主人公も、私はこの町で見出し得ることに、じつは半信半疑であったのである。

活字になった小説を、私はその女に読んでもらった。その反応に、私は大きな関心を抱いていた。

「なんだか、とっても憂鬱になってしまって、お店を休んで早く寝てしまったわ」

というのが彼女の読後感であった。私の心にこれ以上に快く媚《こ》びる感想はなかった。もしも、彼女がお世辞として言ったのだとしたら、彼女はかなり高級なお世辞の使い方を心得ていたと言わなくてはならぬ。

私はその女に馴染んで、かなり長い期間その部屋に通った。そして、彼女を主人公にして、もう一つの小説を書いた。この二つの小説が世に迎えられて、私はつづけて小説を書いてゆくことになった。

私が彼女に馴染んでいる期間、私のその町とその町の女たちにたいする愛着は一層深くなっていった。私はその町に足を踏み入れることに、罪悪感などは毛頭感じなかった。その町へ足を向けるときの私の姿勢は、「信念に溢れて」いたものとみえる。私はいろいろの人をその町へ引っ張って行った。今にして考えると、現在では到底誘いの言葉が喉から出てこないタイプの相手をさえ、私はその町へ伴ってゆき娼家の部屋へ押し込んでしまったものだ。

赤線地帯最後の夜の挿話を、私は先に述べた。その挿話は、私の体験ではない。その夜、私はその地域にいなかった。

当時、その地域に向う私の姿勢には、もはや「信念に溢れ」た充実感は見られなかった。

二つの作品の中に、私はその地域について書きたいことを、すべて投げ込んでしまった。

私が馴染んだ女も、疲労し荒廃して町から去って行った。さいわい、彼女を幾度も町から脱け出させようと試みた人物の庇護の下にある、と聞く。

私がその町へ足を向けるのは、惰性でありまた単純な性欲のためとなった。不思議なもので、その姿勢が信念にあふれて充実していた頃は、その町の女たちはすべて私に優しかった。

ところが、私の姿勢が崩れてから、私はしばしばその町で苦汁を飲まされることが多くなった。

ある正月、私はその町を歩いていた。私が馴染んだ女の店の前を通りかかると、一人の女が私の袖を捉えた。

「△△円でいいわ、上っていって」

「ほんとに、△△円でいいのか」

その店は、値段の高い店ということになっていた。馴染んだ女のところへ通っていたとき、私は金銭に甚しく不自由していたので、私は割引してもらっていたのである。

「ほんとに、それでいいわ」

部屋へ入ってから、女は媚笑を示して言った。

「もう△△円頂戴、お正月ですもの」

こういう手口の女は、気性の悪い女である。要求された金を払っても、払わなくても、多くを期待できぬ。

「厭だ。君、そういうやり方はよくないぜ」

「△△円、頂戴」

「いやだ」

「そう、ふん、そんならいいわ」

その後の短い時間、女は娼婦の軀と心の悪い面を露骨に私に示した。

私はそそくさと衣服をまとい、階段を降りてゆくと、下のフロアで女が叫んでいる声が聞えた。フロアの椅子に腰を下したり、戸口に立って客を誘っている朋輩たちに訴えている叫び声である。

「新年早々、最低だわ、たった△△円の客よ。最低の客だわよ」

フロアの中央に立ちはだかって叫んでいる女の背後を通り過ぎ、戸口に佇んで客を待っている娼婦の横をすり抜け、私は外套の襟を立てたその中に顎を埋めて、倉皇《そうこう》としてその地域から逃れ去ったのであった。

娼婦の部屋

その日、私は押入れの隅から埃にまみれた大学の制服を探し出して、一年ぶりに身に著《つ》けた。私はすでに大学生ではない。ある探訪雑誌の記者の職を見付け、自分の手で自分の口を養っていた。偶然の機会で、その会社にアルバイトの口を見付けて働いているうち、ある日、社長が私に言った。「大学をやめて正式の社員になるか、アルバイトをやめて大学を卒業するか、どちらかにしてもらいたい」そこで、私は躊躇することなく、大学をやめることにした。もっとも、大学にあらたまって退学届を出したわけではなかったから、大学には籍が残っている筈だった。

しかし、一年ぶりに着た制服の中で、私の軀は居心地悪く、私はあちこちの筋肉をゆすぶってみた。鏡に向ってみると、たしかに、私の軀は、うまく制服の中におさまっていなかった。いわゆる社会に出て働いて、大人になった分だけ、その制服の外にはみ出しているように、私の眼に映った。私は背筋をのばして、口を真直に結び、眼に控え目な光をたたえてみて、学生服に似合うように表情と姿勢を作り直し、そして下宿部屋を出た。

私は探訪記者としての用件を持っていた。汚職の噂のある大臣邸を訪問し、夫人にインタービューする用件である。大臣に会わず夫人に会うことにしたのは、彼女が異常なまでの女丈夫で、いろいろの噂の種を撒きちらしており、大臣以上に派手な存在だったからだ。夫人は記者ぎらいで有名で、玄関から中へは入れないおそれが十分だった。私は何とか対策を考えなくてはならなかった。夫人に関しての噂を、いろいろ集めてみた。夫人の人間像の輪郭を、頭の中で作り上げてみた。そして、学生服を着てゆくことにしたのである。その学生服は、俗世間に信用のある大学のものだったからだ。また、夫人が骨相学に熱中していて、その話となるとおもわず一膝乗り出してくる、という噂を、私はしっかり頭の中に刻み込んだ。

他の用件が手間取って、大臣邸の玄関に立ったのは、夕刻になっていた。未知の人に会うのは、私には心臆する仕事だった。玄関の重そうな扉が、私の前でキッカリ閉されてあった。私は心を奮い立たせ、指をしゃんと伸ばしてベルを押した。広い屋敷の奥で、ベルの鳴る音がかすかに響いた。

「奥さまにお目にかかりたいのですが」

と、出てきた女中に私は名刺を渡した。女中が引込んで、入れかわりに、私の名刺を指先につまんで夫人が現れた。

「ちょっと、お話をうかがいたいのですが」

と、私は学生風の口調と表情で、言った。夫人は、私の爪先から頭のてっぺんまで眺めまわし、襟章を見、洋服の釦《ボタン》を見て、そして応接間の扉を開いた。

「奥さんの骨相学は、淘宮術《とうきゅうじゅつ》ですか」

私はすぐに、話題を骨相学の方へ持って行った。戦争中、私は淘宮術という流儀の骨相学を勉強したことがあった。当時、私は他人の言葉を一切信じないことにして、言葉を舌の上に載せ口から外へ離す時のその人間の表情に重点を置くことにしていた。そのために、私は骨相学を学んだ。というより、言葉というものを信用していない、ということをあたりに表明するために、それを学んだといった方が正確である。

従って、大臣夫人にたいしての私の質問は、勘所を外していなかった。夫人はしだいに話に熱中しはじめた。私が言葉をさし挿む隙がないほど、ながながと続きはじめた。夫人の唇の端に白い泡が溜って、話題は古い時代に遡っていった。

「そのときタクアン和尚が、相手の顔をはったと睨み……」

と、夫人は身ぶりを混えて、私の顔に視線を当てたが、そのままの姿勢でふっと言葉を止めた。その姿勢を崩すと、テーブルの上から私の名刺を取上げて、ゆっくり眺めはじめた。私の名刺には、雑誌記者の肩書は付いていなかったのだが、左の隅に小さく会社名と住所が印刷してあった。間もなく、夫人は猛烈な勢で怒鳴りはじめた。

「あんたは記者じゃないの。大学生の人がきたというから会って話してあげていたのに、人相の話なんかして。いったい、何しにきたのさ。記者なんて大嫌いです。他人の茶の間まで覗き込んで、何と何を食べていたなんてことまで書くのだから。さあ、はやく帰って頂戴。さあ、さあ」

夫人は立上り、私の椅子の傍まで近寄って、追立てる素振を示した。私は、これ以上夫人から話を引出すことはあきらめて、立上った。玄関で靴をはいている私を、夫人は依然としてせき立てた。

「さあ、はやく帰って頂戴」

扉を開けて、私がポーチへ出た瞬間、頭上の電燈が消えた。スイッチを押す音が、ビシッと鋭く響いた。

「よくあることだ」

と、私は呟いて、笑いを浮べてみた。相手の立場と私の立場と、それぞれの立場による言い分を並べてみて、比較検討することによって、心の平衡を取戻そうと試みてみた。

しかし、やはり屈辱的な気分が残った。

私は都心の街へ出て、駅前の屋台店で酒を少し呑んだ。間もなく、平衡が回復したとおもった。店を出ると、私の脚は、自ら娼家の建ち並んでいる地域の方角へ向った。

店の前に佇んでいる秋子の姿が、私の眼に映った。ぞろぞろ通り過ぎてゆく男たちが、彼女に眼を留め、その前で立止るのを、秋子は待っている。その秋子の方へ、私は真直に近寄って行った。

秋子に眼くばせして店の中へ歩み入り、秋子のあとについて彼女の部屋に入った。部屋の中で向き合ったとき、彼女が呟いた言葉は、全く私を不意打ちした。

「毛を挘《むし》られたにわとりみたいに見えるわ」

「誰が、僕がか」

「ええ」

「ひどいことを言う」

「いつもそうだわ」

「いつも……」

「ええ、わたしの部屋に入ってきたときは、いつも。帰るときには、人間にちかくなっている。そして、その間の時間、わたしはうんといじめられてしまう。なにか厭なことがあった時だけ、わたしのところへ来ているの」

私は黙って、考え込んだ。厭な事の痕跡は、私の身のまわりから追い払っておいたつもりだった。痛め付けられた男が、痛めつけられた女たちの町へ安息を求めに歩み込んでゆく、という姿勢を私は拒否して置いたつもりだった。酒に酔った男が、放蕩の心持にそそのかされて、ぶらぶらとその町に歩み込んでゆく姿勢になっているつもりだった。しかし、秋子の言葉で、その姿勢は脆く崩れ去った。秋子の眼に映っている私の姿勢が、私の脳裏に浮び上ってくる。背を跼《かが》め、脚を投げ出すような歩き方で、私は店の前に佇んでいる秋子の方へ歩み寄ってゆく。毛を捲られたにわとりのような恰好で、彼女の部屋に這入ると、にわかに兇暴になって彼女の軀を貪り食う。

秋子の軀にたいして、兇暴な力を加えるつもりは、私にはなかった。しかし、秋子にその事実を知らされると、そうだろう、と私は思う。私は、自分が生きていることを確かめようとしているかのように、秋子の軀に向っていったのかもしれない。あるいは、抑圧された怒りを、秋子の軀に向って爆発させていたのかもしれない。

その日、私はしずかに軀を秋子の軀に寄添わした。傷ついた二匹の獣が、それぞれ傷口を舐めながら、身を寄せ合い体温を伝え合っている形になることをおそれまい、と私は思った。秋子もしずかに私を受け容れた。私は全く口をきかなかったが、私は彼女の躯と沢山の入り組んだ会話を取りかわした。荒々しい力を加えていた時には分らなかったさまざまの言葉が、彼女の躯から私の躯に伝わってきた。

その日から、私はいつも彼女の不在をさびしがる気持に取憑かれた。彼女が私の傍にいないことが、理不尽な気持になってくる。彼女の躯のいろいろの部分が、私に向っていろいろの表情で語りかけてくる。乳房と乳房の間にいろいろの曲線を描く溝の表情が、頸を捩るとき鎖骨の下にできる浅い窪みの表情が、私の眼に浮び上る。私は立上って、娼家の並んでいる町の方向へ、歩み出してしまうのだった。

その地域に足を踏み入れると、趣味わるくけばけばしく塗り立てられた家の門口に立ち並んでいる女たちの総てに、私は懐しい心持を抱いてしまう。秋子の部屋に向う私の姿勢には、うしろめたさも面映さも見出すことはできなかった筈だ。私は、素直にこの町に融け込んでいた。女たちも、私にはやさしかった。一人の娼婦の部屋にだけ、真直に歩み込んで行く男がいるということは、彼女たちにやさしい気持を起させるようだった。

「たまには浮気していったらどう」

と、声をかける女もあった。

この町を歩いていると、さまざまな声が交錯して耳に流れ込んでくる。

「ひとまわりして、またいらしてね」

という声が耳に飛込んでくると、私は苦笑した。その日の午後のことを思い出したのだ。その日、私は用件をもって某氏を訪問した。出てきた女中は玄関に立ちふさがるようにして、

「センセイはまだおやすみですから、そこいらをひとまわりして、また来てみてちょうだい」

と言った。

そういう不快さも、この町へ足を踏み入れた瞬間に、私の身のまわりから拭い去られている筈だった。私は毛を捲られたにわとりではなく、人間の形で、秋子の部屋に這入ってゆくのだ。私は安息の場所を見付け、そのことを私自身に許していた。秋子の部屋にいることによって、心の平衡を取戻せる時期が、私にはあったわけだ。しかし、それは長くは続かなかった。

秋子の存在自体が、私の平衡を狂わせるようになってきたからである。

ある日、私が秋子の店を訪れると、彼女はあいまいな笑いを浮べた顔を向けて、言った。

「困ったわ、今日はこないとおもっていたものだから」

その前日、私は秋子の部屋を訪れていた。

「時間がふさがっているのか」

「そうじゃないのだけど」

私は、彼女が困る理由が分らなかった。私が訊ねても、彼女は相変らずあいまいな笑顔を示すばかりだった。しかし、彼女の軀に触れた時、私はその軀が疲れ果てていて、少しの言葉も私に伝えてこないことに気付いた。秋子の眼は、いつもは淡桃色の靄に囲まれたように潤んでくるのだが、その日は、ガラス玉のように眼窩に嵌《はま》っているだけだった。

「あなたが来るのが分っていたら、疲れなかったのだけれど」

私は、理解した。

「黒田という人が、きたのか」

黒田という中年の男が、秋子のために金を惜しまない馴染客になっていることを、私は彼女から告げられていた。秋子は、一瞬ためらって、答えた。

「ちがうの。知らない初めての人なの」

「知らない人か」

不意に、私は苛立たしい気持に捉えられた。その時まで、金銭で取引できる女、多くの男と共有することが最初から分っている女の許に通うことは、私の感情を安全な場所に避難させておくことだ、と思っていた。私は、女を愛することの辛さを知っていた。もしも、今の生活にその辛さが加わってきたならば、私はそれを支え切ることができそうにもなかった。秋子の部屋に通っている時、愚かにも、私は安全な場所に身を置いたまま、彼女とかかわり合いを持つことができていると考えていたのだ。

その苛立たしい気持は、そのまま嫉妬につながるものだ。

学生の頃、私は許婚者のいる女を愛したことがあった。ある日、女の家を訪れると、玄関の三和土《たたき》に赤革の靴が脱ぎ捨てられてあった。その靴を脱いで、その家の中に入った男は、私より一足先に到着したものと思われた。その靴は、まだ揃えられておらず、爪先を上り口の方へ向けて、脱ぎ捨てられてあった。馴々しい無遠慮な形で、三和土の上に残っていた。私は、女の許婚者とは顔を合せたことがなかったが、その赤革の靴が先刻まで支えてきた軀は、女の許婚者のものだと直感した。その靴の脱ぎ捨てられた形は、彼と女の家との親昵《しんじつ》の度合が、私よりはるかに深いことを示していた。その時、私はその赤い靴に、はげしい嫉妬を覚えた。

しかし、今度の場合は、秋子は娼婦であるので、当然、嫉妬は別の地点から私に襲いかかりはじめた。

秋子の揺がない肩をゆすぶって、私は訊ねてみた。

「どんな男だ。大男か。水夫みたいな男か。レスラーみたいな男か」

「普通の男よ」

「俺の時よりも疲れたのか」

秋子は、相変らずあいまいな笑いを浮べたまま、黙っていた。

私は秋子の部屋を出た。道路には相変らず、沢山の人間が歩いていた。この町には、十字路が幾つもあった。その一つの角で私は立止り、町の風景に眼を放った。

道路の上で、動いている沢山の軀は、すべて男の軀ばかりだった。両側の建物の横腹に、長方形にくろく開いている入口の前に佇んでいる軀は、すべて女の軀ばかりであった。この地域では不思議のないその事柄が、異様に私の心に迫ってきた。佇んでいる任意の軀の前に立止れば、その軀は立止った軀を密室に導いてゆく。そして、導かれた軀の下で、やすやすとその軀は両脚を開く。

この地域の外の世界では、初めて出会った二つの軀がその状態に達するまでには、さまざまの経緯を必要としている。その経緯自体に、いろいろの物語がからまり付くのである。そして、私がその時までに経験した嫉妬の感情は、その経緯においてのいろいろの小事件に関してのものだけだった。しかし、いま、私は十字路の角に立って、私の前に拡がっている風景に眼を放ちながら、今までとは別の平面にある嫉妬心に咬み付かれはじめた。私は妄想に捉えられていた。秋子を疲労させた未知の男の軀が、彼女の軀を押分けて這入り込んでゆく。どこまでも止ることなく押分けてゆく。新しい肉が、押分けられてゆく。私は、自分自身の軀を知っている。秋子の体内に、私に残された未知の部分が、それほど多く残されているとは思えない。しかし、極く僅かの部分が残っていたのかもしれない。その僅かな暗黒の部分が、私の眼の前で、私の心の中で、限りなく大きく拡がってゆく。そして、私はその暗い湿った部分に、烈しい嫉妬を覚えたのであった。

その日から、秋子の部屋で、私は彼女の軀に荒々しい力を加えているのにふと気付くことが、しばしば起るようになった。秋子の部屋は、安息の場所ではなくなった。私の軀の下で彼女が疲れ果たことに気付くと、彼女をその状態に追い込んだのは他の男ではなく私自身であることを確認しようとして、彼女の軀の精液のにおう部分に私の唇を押し当ててみることもあった。

しかし、秋子のいる町へ足を踏み入れる私の姿勢は、依然として充実していた。そして、娼婦たちは私にやさしかった。

　夏が過ぎ、秋も終ろうとしていた。一の酉の夜、私は秋子の部屋にいた。秋子が不意に言った。

「わたし、やめるかもしれない」

「なにを」

「この商売を」

「やめて、何をするんだ」

「商事会社の事務員になるの。黒田さんが、そういうお膳立をしてくれる、というの」

「つまり、黒田という人の妾になるわけか」

「そういえば、そうだけど。黒田さんは、私をこの町から脱け出させたいの」

　私は別のことを訊ねた。

「黒田という人は、君を疲れさすか」

「黒田さんは、あっさりした人。親切な思いやりのある人。わたしのことをいろいろ考えてくれるの」

　秋子は関西の大都会の高校を出ている。美しい筆蹟を持っている。英文のタイプライターが打てる。しかし商事会社の事務員として、毎日働いてゆくことができるかどうか。

何故、「しかし」なのか、私にははっきり分らなかった。ただ、明瞭な危懼の念だけが、私の心に残っていた。私は黙って、考えはじめた。そのとき、秋子の声が耳に届いた。

「今夜は、お酉さまね。一しょに、熊手を買いに行って頂戴」

「しかし、君。お酉さまの熊手は、商売繁盛のためのものだろう。この町から脱け出そうとしているときに、そんなものを買いに行くのは、おかしいじゃないか」

「だって、先のことはどうなるか分らないもの。お酉さまの熊手って、前の年より大きなものを買わなくちゃいけないいんですってね」

彩色されたオカメの面や千両箱や、いろいろの飾りが取りつけられた大きな熊手が、私の眼に浮び上った。落葉をかき寄せるのに使うほど大きな熊手を肩にかついで、沢山の人間の軀を押し分けながら秋子と並んでゆく私の姿。その恰好を眼に浮べて、私は辟易した。しかし、秋子が前の年に買った熊手は、いったいどのくらいの大きさのものなのだろうか。そして、その熊手は、この部屋のどこに置かれているのだろうか。私は、秋子の部屋を見まわした。

「去年の熊手は」

「あそこ」

秋子は私の背後のなげしを指さした。そこに、小さな掌ほどの、何の飾りも付いていない熊手の柄が差し込まれてあった。

「ずいぶん小さなやつだな。君がこの町に来てから何年になる」

「三年。熊手は去年はじめて買ってみたの」

秋子と私は、店の外へ出た。娼家の並んでいる地域の外れの店の前で、サンダルを履いた与太者風の若者が、女と立話をしていた。その若い女は、軀の線が露わに浮び上る衣裳を纏っていた。剝き出しになった肩の肉からも、黒いハイヒールの上にのぞいているくるぶしのあたりからさえも、彼女の軀のあらゆる部分から、性器が感じられた。あのような女の恋人になるためには、男は全身が一箇の巨大な性器と化さなくてはなるまい、と私はその女を眺めながら思った。また、この町にいてあのような女の軀が衰えてゆく速度は、きわめてゆるやかなものであろう、と思った。むしろ、この町にいることによって、あの女はいつまでもみずみずしい官能を発散させていることができるのかもしれない。

私は傍にいる秋子を眺めた。秋子と知り合ってから、すでに一年が経っていた。彼女の姿態は、美しいものとして私の眼に映っていた。この一年間に、さほどの衰えを示していないように私には思えた。しかし、秋子の変化を冷静に判断できる立場には置かれていないことも、私は知っていた。私はもう一度、秋子の横顔を眺めた。彼女の皮膚は、この町の汚れが染み入り易いように見えた。いや、すでにその裏側に層を成して沈澱しているのかもしれなかった。そのように私の眼に映っているのは、秋子の心の膚でもあった。私は、秋子の張りを失っている乳房を思い出していた。

酉の市の雑踏が、私たちの前に近寄ってきた。私は立止って、言った。

「やはり、今年は熊手は買わない方がいいだろう。黒田という人の言うことを、もっと熱心に考えた方がいいだろう」

「わたし、熱心に考えているの。だけど、なんだか不安なの」

と、秋子は歩みを遅くしながら、答えた。

秋子の姿が、町から消えた。

私の許へ、秋子から勤め先の商事会社の電話番号を書き送ってきた。しかし、私は長い間、電話をかける気持にならなかった。商事会社の事務所の中にいる秋子を想像すると、私は不安な心持になってしまう。その中の人間の軀の一つ一つの動きが、事務を進めてゆくことに繋っている部屋に、私は秋子の軀をうまく定着させて考えることができなかった。軀を横たえていない時の秋子は、動作に折目正しさが残っており、容貌も素人のものと殆ど区別できないものと私には思えた。しかし、事務室の中で、ふとした動作の端から、その部屋の空気と異質なものが漂い出しているのではなかろうか。秋子の周囲の人間たちの眼くばせや、囁き合う声が、私の脳裏に浮び上ってくる。そういう部屋の中へ、私の電話のベルが響き、受話器に耳をあてる秋子に向ってそういう気配が集ってくることを、私はおそれた。そのことが、秋子のためにも、私のためにも辛かった。私は、秋子へ電話をかけず、そして、秋子のいない町を相変らず歩きまわっていた。私は顔見知りになっている女たちの部屋へ、つぎつぎと上っていった。一度か二度しか、私は同じ女の部屋へは上って行かなかった。しかし、女たちは、皆、私にやさしかった。その理由をその時、私は十分には理解していなかった。

　この地域の外の町を歩いている娼婦の姿を眼にすることは、私にとって悪い出来事だった。娼婦の町に、際立って美しい女がいた。彼女は、赤や青のネオンに彩られた町に立って、通り過ぎてゆく男たちを睥睨《へいげい》していた。胸を高くそらし、自信に満ちて、店の前に立っていた。その女を、ある夏の日の白昼、私は外の町で見た。郊外電車の途中駅の傍の坂道を、私は歩み降っているところだった。坂は鋪装され、夏の日光を照り返して、白く埃っぽく光っていた。その坂を一人の女が背を踞めて、気怠《けだる》そうな足取りで上ってきていた。洋装した女の胸は黒いメリンスの帯で斜十字に締め上げられており、女の背にはずり落ちそうな形で赤児がくくりつけられてあった。私は女とすれ違った。女の額には、汗が粒になって溜っていた。女のあえぐ息が聞えたように思えた。女は眼を上げて、私を見た。女の眼は黄色く濁っており、老婆のような隈がその顔に貼り付いていた。女の眼は一瞬私の方へ向けられたが、その眼には光がなく、私を認めた気配はなかった。

ある日、私の会社へ、秋子から電話がかかってきた。日曜日の昼、会いたいという電話である。

半年ぶりの秋子の声が私にそう告げた時、彼女が事務員の生活をつづけることのできた期間は終りに近づいた、と私は咄嗟に感じた。秋子の存在が事務室の空気の中で浮き上り、部屋から外へはみ出しかかっている、と私は感じた。

しかし、そのことに関して私に相談するために、秋子が私に会いたいと言って寄こしたとは、私は少しも考えなかった。日曜日の昼、秋子と落合い、街の小さい料理店で昼食を済ませた後、私は彼女をホテルに誘ってみた。秋子はしばらく躊躇をみせた後、肯いた。

「黒田さんは、元気か」

と、私は訊ねてみた。

「あの町をやめてから、浮気するのは初めてだわ」

店の外で、秋子は私に寄添って、そう囁いた。それは、むしろ、私と会ったことを後悔している口調だった。しかし、ホテルの部屋に閉じこもってからの秋子の軀の烈しさを、私は扱い兼ねた。

白昼のホテルは、閑散としていた。私たちのいる部屋のすぐ前の廊下で、女中がハタキをかける荒々しい音が絶え間なく響いていた。私は軀を動かさずにいるのだが、粗末な木のベッドは、軋む音を発しつづけた。

やがて、秋子は動かなくなり、軀の力を失って私の傍に横たわっていた。その顔に当てている私の視線に気付くと、彼女は困惑した表情をのぞかせた。

「事務室通いは、つづきそうか」

と、私ははじめて訊ねてみた。秋子は、あいまいな笑いを、顔に浮べただけで無言だった。間もなく、元の娼婦の町に、そして相変らず私がうろつきまわっている町に秋子は戻ってくることになるだろう、と私はそのとき確信した。

半月ほど経ったある夜、以前とは別の娼家の門口に佇んでいる秋子に、私は出会った。以前と同じように、私は秋子に眼くばせしてその家の中に歩み入った。

「いつ戻って来た」

秋子の部屋で、私は訊ねてみた。

「昨日」

私の軀に腕を巻きつけながら、秋子は言葉をつづけた。

「昨日、もし会っていたら……」

と、彼女はあいまいな笑いを浮べながら、ちょっと口ごもり、次の言葉を探している様子になった。すぐに、彼女は言葉を見付けた。

「もし会っていたら、あたまから食べちまうところだった」

という言葉は、今日はそれほどの状態に秋子の軀が置かれていない、ということも意味していた。そして、昨日、あたまから食べちまわれた男がいたことをも意味していた。その男は、おそらく偶然、彼女の前を通りかかった未知の男であったのだろう。しかし、そういうことを想像してみても、私は以前のようにその手がかりの付かない男にたいして、鋭い嫉妬を覚えることはなくなっていた。

私は黙って秋子の顔を眺めた。この町での生活で軀を作り変えられてしまった女、そして、そのために一旦脱け出した町に誘い寄せられて戻ってきた女である秋子と、秋子がいなくなってからもこの町をさまよい歩くことを止めることのできない男である私とは、その時、共犯者めいた眼ざしを取りかわしていたものと思える。

それからの一年間、私は放蕩者の姿勢で、その町を歩きまわった。眼を瞑《つむ》れば、即座に私はその町の地図を瞼の裏に浮び上らせることができた。どんなに小さな抜け路地も、道傍のゴミ箱も、その地図から脱落してはいなかった。二十五歳の私は、そういう蕩児の姿勢を取ることに、興味をもったのだ。情熱といえるものさえ持った。従って、私のその姿勢は、にがにがしいものでもあり、同時にういういしいものでもあったであろう。

時折、私は秋子の部屋へ戻って行った。私は、秋子の軀の微細な部分まで知り尽していた。その軀からは、私は新鮮な刺戟を受けることは全くなくなっていた。しかし、そのために却って、私が酔い過ぎて他の娼婦では不能になっている場合でも、秋子の部屋に入ると、私は不能から回復するのだ。ふたたび、秋子の部屋は、私の安息の場所となった。秋子は私にやさしく、私を許した。金が無くなると、私は秋子の部屋に泊った。そして、レインコートを、時計を、その部屋に残して帰った。一時は、私の身のまわりの小さな品物は、すべて秋子の部屋に移行してしまったこともある。そして、次の朝には、彼女は私の掌の上に、朝飯の金を載せてくれた。

秋子は私にやさしく、私を許した。しかし、それは一つには私への関心が薄らいだためだということが、ある日、私に分った。その日、秋子は私に告げた。

「わたし、好きな人ができちゃった」

「そうか」

「若い人。あなたより、もっと若い人」

「黒田さんは、どうした」

「その黒田さんが、また、わたしをこの町から連れ出そうとしているの。この前のときは、事務員で失敗したから、今度はバアの勤め口を探してくれているわ。アパートに部屋も借りてくれたし」

「それじゃ、ここから出てゆくばかりじゃないか」

「そうなの。そのバアへ来て頂戴ね。電話で場所を知らせるわ」

秋子がこの町へ戻ってきてから、一年間が経っていた。そして、間もなく、ふたたび秋子の姿が、町から消えた。

秋子が、電話でバアの場所を知らせてきた。意外にも、その店は都心の繁華街の裏通りに在った。

　私は、その店に出かけてみた。狭い袋小路の奥に、その店は在った。一人だけ離れて所在なさそうにしていた秋子は、私を見ると、救われた表情を見せて近寄ってきた。スタンドに腰かけて、私は酒を飲んだ。秋子が傍に腰かけていた。私は黙ってグラスを口に運んでいた。秋子も黙っていた。他の客たちや女たちは周囲に聞えても支障のない会話、酒席の戯言を活潑に取交わしていた。しかし、私たちの間には、会話が無かった。考えてみれば、秋子の客にたいする会話は、いままでと全く別の形のものだったからだ。この店にきてからの秋子は、ただ、ぎごちない笑いを浮べて客の傍に坐っているだけだったに違いなかった。

「具合はどう」

と、私は訊ねてみた。

「なんとなく、働きにくいの」

私は黙っていた。

「いつも、どこへ行っても、ぐずぐず言うといって、黒田さんが怒るの。ファッションモデルになる学校があるんですって、それに通ってみたら、と言われているんだけれど」

その言葉は、つめたい感触で私の心を撫でて過ぎた。その言葉を聞いた瞬間、私は秋子の姿を正確に眺める眼を取戻した。数年前の、あの町へ入ってくる前の秋子にたいしてなら、その言葉はそれほど不似合なものではなかったろう。しかし、現在の秋子にとっては、その言葉は残酷と言ってよいものなのだ。その残酷さに、秋子は気付いているのだろうか。おそらく、気付いていないのであろう。私は、暗い、痛ましい心持になってきた。と同時に、にがい興ざめた心持にもなっていった。

秋子の皮膚の裏側に層を成して沈澱しているあの町の汚れが、彼女の皮膚の外側ににじみ出し、この店の中で、彼女だけが異質の翳に取り囲まれているように、その時私の眼に映った。

しかし、その言葉を秋子に向って言った黒田自身は、その残酷さに気付いているのだろうか。秋子を娼婦の町から抜け出させようと試みて失敗し、いままた失敗しかかっているその男は、秋子にたいしてどういう感情を持っているのだろうか。その言葉が、現在の秋子に似合しいものとおもうほど、盲目的な愛し方をしているのだろうか。

私が二度目に、袋小路の店を訪れた時には、すでに秋子の姿は見えなかった。秋子のアパートの住所を、私は訊ねて置かなかったし、秋子から電話もかかってこなかった。秋子は、私の手がかりの付かないところへ、姿を消してしまった。

再び秋子のいなくなった娼婦の町を、私は相変らず歩きまわっていた。

秋子の部屋に通いはじめてから三年が経っていた。店の前に立並んでいる女たちの間に新しい顔が増えて、古い顔見知りの女はしだいに消えていった。そして、町を歩きまわる私自身の姿勢にも、大きな変化が生じていた。

最初の頃、私は毛を捲られたにわとりのようになって、その町に歩み入った。娼婦の躯に躯を寄添わせて、傷口を舐めている姿勢だった。その頃は、その町と私との間に、落差は無かった。私にとって、娼婦はかなしく懐しく、心を慰めてくれる存在だった。それにつづく期間、私は蕩児の姿勢を装って町を歩きまわっていた。その姿勢を取るために、私の細胞の一つ一つを緊張させ、店の前に並んでいる女たちの一人一人に情熱的とさえいえる念入りな視線を注いで歩いた。

そして、いま、私のその町での姿勢は別のものになってしまった。袋小路のバアで、私が秋子に感じた痛ましさと興ざめた気分とは、そのまま私がその町を見る眼の裏側に貼り付いてきた。私が秋子に感じた痛ましさは、その痛ましさに私が躯を寄添わせてゆく種類のものではなかった。私は一段高い、安全な場所に立って、その痛ましさを眺めているのだった。それに伴って、私とその町との間には落差ができてしまい、また、その町は私の眼の前で色褪せかかっていた。

秋子にたいする私の感情の変化が、そのままその町にたいする私の姿勢の変化となっていた。一人の女にたいする感情が、いつまでも同じ形と同じ強さで持続してゆくことは、私にとって考えられないことだった。従って、その変化は、時間の経過が招き寄せたものといえた。と同時に、私の生活の変化も反映していたのである。私の勤めている会社は、しだいに社業が盛運に向いはじめていた。そうなると、社員の私が接触する対象は、しだいに私にやさしくなり、屈辱感にさいなまれる体験はしだいに寡《すくな》くて済むようになってきた。私は、それをげんきんなことだ、と他人事のように笑って済ましてはいられなかった。私と娼婦の町との間に落差ができたのも、また、それに伴う出来事といえるのである。

私は、眼の中で色褪せていく娼婦の町を、それまでの惰性で歩きまわっていた。たくさん立並んでいる女たちの中から、思いがけず私を愉しませてくれる軀を発掘できるかもしれない、という投げやりな期待をもって、私は歩いているのだった。

そういう具合に私の姿勢が変化してからは、女たちは私に冷たくなりはじめた。私の変化を知って冷たくなった、というのではない。そういう姿勢の前では、初めて会う女でも娼婦特有の意地悪さや冷たさを示すのである。その意地悪さや冷たさは、以前には私の殆ど経験しなかったものだった。私は娼婦の町の苦い味を、しばしば味わわなくてはならなかった。

もしも私が、私を愉しませてくれる軀を発掘することに情熱をこめることができたなら、娼婦の意地悪さや冷たさに触れ合うことがはるかに寡くて済んだにちがいない、と私は思う。しかし、私はそのことに、投げやりな期待をもって、町を歩いているだけであった。

女の後について、女の部屋に入る。その頃になると、女の軀にたいしての情熱が私の中で失われはじめる。私は秋子のことを思いだす。秋子がこの町にいた頃には、私のその情熱は持続することができた、と思う。すると、一層私の軀は力を失うのだ。

ある夜、私はかなり酩酊して、その町を歩いていた。私は一人の女に近寄り、その部屋に入った。部屋の入口に立った時、私は以前この女の部屋に来たことがあるのを思い出した。そして、その時には、私の軀は最後まで不能であったことも思い出した。私は入口に立止って、

「今夜もダメかもしれないな」

と、呟いた。女はその言葉を聞きつけて、私の顔を見た。そして、私を思い出した。女はおとなしそうな顔をしていた。その顔が不意に変って、女は甲高い声を出した。

「それなら、何しにきたのよ。はやく帰って頂戴」

女は私の軀を部屋の外へ押し出した。強い力で、階段の上まで押し戻し、さらに力を加えつづけた。私は半ば踏み外しながら、烈しい勢で階段を降りた。靴を履いて外へ逃れ出ようとする私に向って、一つかみの塩が振りかかってきた。白い結晶が、私の髪の毛や洋服の肩のあたりに、てんてんと模様をつけた。

以前、秋子がいた店の前を通り過ぎようとすると、その店にたった一人だけ残っている私の顔馴染の女が、声をかけた。

「秋子さんが、また戻ってきているよ」

「どこに」

その女は、この店の支店の名を言った。

「そこの、オバさんになっているよ」

オバさんになったというのは、その店の責任者のような役割についたことを意味している。

「オバさんになっているよ」

私は女の言葉を、口の中で繰返しながら、その店に歩み寄った。店の傍の狭い路地に歩み入って、裏口に近づいた。格子の嵌った窓から内側を覗くと、背をかがめて算盤を弾いている秋子の姿が見えた。臙脂色《えんじいろ》の眼鏡をかけていた。

窓のガラスをたたくと、秋子は振返って私を認めた。眼鏡を外してから、笑顔を示し、私のために裏口を開けてくれた。

「また戻ってきちゃった」

と、秋子は笑顔のまま言った。

「恋人はどうした」

秋子が好きになったと言っていた若い男のことを、私は訊ねてみた。

「別れたの。すっかり苦労させられちゃった。わたし、もう若くないから、いまさら店の前にも立てないし」

と、秋子は算盤のある部屋を、あらためて見まわした。私は、黙っていた。適当な言葉を見付けることができなかった。

「そんなことをしないで、タバコ屋でもやらないか、と言ってくれるんだけど」

と、秋子がぽつりと言った。

「誰が」

「黒田さん」

「黒田さん、だって。黒田さんは、若い男のことを知っているのか」

「知っているの。バレちゃった」

「タバコ屋をやらしてもらえばいい」

「そう。ここから出たら、わたし、軀も直さなくちゃいけないの。子宮が上にあがって、捩れてしまっているの」

「そうか、元気でやりたまえ」

私は秋子と別れて、外の町へ出るために娼婦の町を歩いて行った。私は黒田という男のことを考えていた。黒田は、秋子にたいして終始同じ姿勢を取りつづけている。そして私は。この町は私を必要としなくなっており、また、私もこの町を必要としなくなってしまった。自己嫌悪に取り憑かれながら、私は急ぎ足にこの町を歩み抜けて行った。

手鞠

鎧戸のおろされた百貨店の入口の前に、夜の街の光に照し出されたその女の姿を見たとき、おもわず彼は雑踏の中にまぎれこむ姿勢になった。

しかし、女はそらそうとした彼の視線を素早く捉え、その視線をつたわって彼の傍に歩み寄ってきた。

糊のきいたワンピースを着ているので、女の痩せた軀は紙袋の中につっこまれた魚の干物のようにみえた。安もののビニールのハンドバッグをもっていた。しかし、全体としては小ざっぱりとしていて、みじめな身なりではなかった。ただ、こけた頬を目立って赤くする化粧法は、六年前にその女を見かけたときと同じだが、その赤い頬が陰気な年寄り染みた感じを与えていた。女は、まだ三十五歳より上にはなっていない筈だというのに。

女は薄い胸を窪ませた猫背の姿勢で、彼の方に歩みよってきた。顔いちめんに、善良そのものの笑いを浮べていた。この笑いが、彼は苦手だ。その女が、まだ街頭に立つ境遇にいるのを見たために、彼は身を避けようとしたのだ。この女にたいして逃げ隠れする理由を、彼はもっているわけではない。

女は彼の傍にきて、ささやいた。

「どう、つき合ない」

「君とは、前からつき合ないことにしているじゃないか」

「そういう、つき合いかたじゃないわ、そういうつき合いかたじゃ、あたしもやってゆけなくなったわ」

その女は言葉をつづけて、現在彼女は秘密映画と実演の客引きをして、生計をたてている、といった。

彼は、その種の見世物にはさして関心を唆《そそ》られなくなっていたが、その女の現在の生活をたしかめてみたい気持になった。そこで、連れの男を振りかえって、誘ってみた。

「どうだ、行ってみるか」

連れの男は、乗気だった。そして、二人の男は、その女の後について、街の裏側へと歩み込んでいった。鋪装路が尽きて、黒い土のあらわな狭い路は、ところどころぬかるんでいた。

彼は、秘密の場所にはいりこんでゆくときの隠微な愉しみが、自分の心に見出せないのに気づいた。そして、自分が生れてはじめて秘密映画を見たときの心持を一瞬思い浮べ、そのときからかなりの歳月が経っていることに、一種、感慨に似た心を持った。

終戦から二年目の夏のことだった。大学のある学生が、ビルディングの小さな地下室と秘密映画二巻を借りて、映写会を催した。

金儲けをたくらんだのだ。会費は法外に高かった。現在、その種の映画を見ることのできる額を、当時要求したのである。彼はその映画を見ることに、情熱にちかいものを持った。主催者と面識があったので、割引してもらうことになったが、それでも英々辞典を売り払う必要があった。彼は英文科の学生だったのだから、その情熱は並々ならぬものであったわけだ。

小さな地下室には、内側から厳重に鍵がかけられた。そして、映写機がまわりはじめた。不鮮明な画面で、白い肉とやや薄黒い肉とが絡まり合いはじめたとき、扉を叩く音がきこえた。

「開けろ、開けろ」

地下室の内部は、一斉に緊張した。その叫び声といってもよい声は、繰りかえされ、握り拳で扉をはげしく叩く音がしだいに高くなった。

「あいつだよ。うるさい奴だな」

呟く声が聞え、一人の学生が席から立って扉に向った。叫び声は、主催者側の法科の学生であることが、彼には分った。遅刻したその学生のその声には、一齣も見落すまいとする焦りが、露骨にあらわれていた。恥ずかしいほどなまなましい声音だった。彼は、そういう声を出し得るその学生に驚嘆すると同時に、その学生の焦りが身に沁みて理解できた。

十分間ほどの短い映画が、つづけて二種類写し出されて、映写会は終りになった。一斉に点された電燈の光が、眩しかった。そのとき、彼の二列前の学生が、うしろの席の友人を振り返って笑った。その笑い顔が、彼の眼の中で大きく拡がった。

紅潮したその顔には、汗と脂が滲み出ていた。その笑いは、「いやあ、どうも、なかなかのものじゃないか」という大人の笑いを顔にかぶせようとする意図とおもわれた。しかし、その意図は全く失敗に終っていて、その笑顔には未成熟の青年のもつ青臭さが剝き出しになっていた。その学生の額の上にふくれ上っている面皰《にきび》を、彼は憎しみの心で眺めた。しかし、もし彼自身が笑ったとしても、それ以外の表情を作り成す自信はなかった。彼は椅子の上で、軀を堅くして坐りつづけていた。

それから十二年後のいま、彼の前を骨の尖った肩と猫背の背中をみせて歩いている女と初めて会ったのは、その映写会から数ヵ月後のことだった。

この都会の北東にある、娼家の立ち並んだ地域を歩いているとき、その女が彼の眼を惹いた。

十二年前のその女は、素人女の匂いが抜け切らずすがすがしい顔立ちに、彼の眼に映った。彼は、その女の部屋に泊ってゆくことにきめた。しかし、間もなく、彼はその女を選んだことを後悔した。秘密のフィルムにたいしては初心だった彼は、女体に関してはそうではなかった。大きく彎曲《わんきょく》した背と窪みのできた薄い胸、漿液《しょうえき》のすくない女の軀は、彼を失望させたのだ。

そして、女が笑顔をみせるとき、そのつめたく整った顔は、たちまちのうちに崩れてしまう。善良そのものの平凡な顔になってしまうことも、彼には予想外のことだった。

皮膚が馴染んでくると、女は彼の些細な言葉にも、すぐに笑顔をみせた。そして、「イヒヒヒ」という声をたてて、箍《たが》のはずれたような笑い声をひびかせるのである。

彼は、女の脆弱な骨格を眺め、このような軀が烈しい肉体労働に耐えてゆけるのは、その笑い声のせいかもしれない、とおもった。女の楽天的な心のために、疲労が軀の中に澱まずに通り抜けてゆくのだろう、とおもった。そして、彼は、清楚な美女の傍で夜

を明かすという最初のもくろみを棄て、女と声を合せて、

「イヒヒヒ」

と笑いながら、時を過したのであった。


それから六年ほど経って、彼は偶然、都会の中央部にある娼家の町で、その女の姿を見かけた。

女は彼を覚えていた。彼女は、相変らず善良そのものの笑顔で、「あら、しばらくね。どう、上ってゆかない」と、彼を誘った。六年というかなり長い月日を感じさせない、気軽な誘い方だった。彼は、その女を懐しく思い出した。と同時に、その軀も思い出した。女の部屋に上る気持にはならなかった。


当時、その地域のある娼家の女を、彼は気に入ってしまっていた。したがって、その地域にはしばしば彼は足を踏み入れた。痩せた女は、あまり客がつかないらしく、いつも店先に立っていて、彼を見ると、

「どう、上ってゆかない」

と、声をかけた。彼がその誘いに乗ることを、あきらめている調子だった。しかし、いつも彼女は機嫌よく、笑顔になって、挨拶がわりにその言葉を投げかけてくるのだ。

「どう、上ってゆかない」

すると彼は、ポケットからパチンコ屋の景品のチョコレートやドロップを摑み出して女の掌の上に載せ、

「まあ、元気でやってくれ」

といって立去ってゆく。それが彼の挨拶となった。

ところが、ある夜、その女が平素と違う調子で彼を引留めた。宵の口から店先に立っているのだが、一人も客が取れない。店にたいして顔向けならぬので、たのむから自分を買ってくれ、というのだ。

六年ぶりで、彼はその女の部屋に入った。彼の傍に横になった女の寝衣を、彼の手が剝ぎ取っていった。見覚えのある、女の窪んだ薄い胸が露わになった。しかし、それにつづく女の軀は、見馴れぬ形を呈していた。胸から腹さらに両股の合せ目に下降する線が、胃のあたりから大きく膨らみ突き出ているのである。

「妊娠しているのか」

と、彼は訊ねた。

「ええ」

「商売に差しつかえるじゃないか」

「そうなの。お医者に行こうとおもっているうち、なんとなく日が経ってしまって、こんなに大きくなっちゃった」

「もう手遅れかもしれないな」

「そうなの」

「どうするんだ、相手は分っているのか」

「なんとなく、分っているわ」

「分るものなのかな」

「さあ……」

「困ったな」

「そうなの。でも、なんとかなるわ」

そう言って、膨れ上った軀の上の首は、あの皺だらけの善良そうな笑顔を示すのである。

彼は、その女を抱く心持を全く失ってしまった。彼は掌を女の腹に当て、その曲線に沿ってゆっくり撫でおろしてみた。彼の掌が下降してゆき、荒い感触の叢に突き当ると、彼はいそいで手を引っこめ、立上って衣服をつけた。いくぶん余分に、金を女に渡すと、

「まあ、元気でやってくれ」

と、彼はいつもの挨拶を残し、女の部屋を立去った。

その後、彼はその女に会わなかった。

彼の馴染んだ女が、その地域から姿を消し、彼もそこに足を踏み入れることが寡くなった。そのうち、法令によって、その地域自体が姿を消すことになった。

女の部屋に入って、女の膨らんだ腹部を撫でおろしてから六年経った現在、彼は女のあとにしたがって、狭い路地を歩いているのだ。

その六年のあいだ、その女は何をしていたのだろう。そして、自分は何をしていたのだろう、と彼は時折、ぬかるんだ土に靴を踏み入れながら、思い返していた。自分のことで、分っていることは一つだけある。それは、現在、自分が疲労困憊していることだ。一人の女を自分は苦しめつづけ、またその女も自分を苦しめつづけ、その状態が果しなく続いているのだ。いや、言い替えれば、一人の女を自分は愛しつづけ、その女もまた自分を愛しつづけている、ということなのだ。

「実演は、シロシロなのか、それともシロクロなのかかな」

連れの男の声が、彼の耳に飛びこんできた。その男が、女に話しかけたのだ。その声には、弾んだ調子があった。都会の裏側のささやかな冒険を愉しんでいる声音だった。

「あ、こいつは、まだ秘密のフィルムに麻痺していないな」

と、彼はおもい、小さな地下室に坐っていた十二年前の自分を思い出した。そして、隣に肩を並べて歩いている男を、彼はすこし羨しくおもった。

粗末な木戸の前で、女は立止った。木戸を開けると、磨ガラスの戸があって、それが小さな平家の裏口だった。ガラス戸の前に彼と連れの男を待たして、女は家の中に入っていった。

「ちょっと、ここで待っていてください」

女は、二人の男を小さな部屋に案内した。赤茶けケバ立った畳のひろがりだけで、家具も装飾品も何一つ置かれていない部屋に、彼と連れの男は置去りにされた。

二人の男は、立ったまま、待っていた。畳の吸いこんでいる湿気が、蹠《あしうら》から軀の中に滲み入ってくる気持に、彼は捉えられた。

「先客があるんだな」

と、彼は呟いた。

「それが終るまで、待てというわけか」

連れの男は、むしろはしゃいだ調子で言い、機嫌よく付け加えた。

「いまごろ、やっちょるわけだな」

そのとき、鈍い音が隣室からひびきはじめた。その音は、陰にこもった響で、しかも壁がゆるぐかとおもわれる大きさで、鳴りはじめたのだ。その音は、規則正しく、短い間隔を置いて、鳴りひびいた。柔らかい、弾力のある塊が、強い力で持ち上げられ、烈しい力で畳の上に打ち当ってゆく光景が、彼の眼に浮んだ。白く、まるく、二つ並んだ臀の肉が、畳の上に叩きつけられるようにぶつかり、次の瞬間撥ね返って畳とのあいだに間隙をつくり、ふたたび烈しい勢で下降してゆく。

二人の男は、黙って顔を見合せた。

彼がいままで見た数多くの秘密の実演は、すべて形式的な、まるでラジオ体操の型を展示しているようなものだった。そのため、いま隣室からひびいてくる悽愴な、情熱的な、むしろ陰惨なばかりに情熱的な響は、彼の心を好奇心と情欲とで揺り動かしはじめたのである。

不意に、廊下に面した障子が開いて、女が顔を出した。

「どうぞ、こちらへ」

二人の男は廊下に出た。廊下は、隣の部屋の横をとおって、奥につづいている。そして、あの響は相変らず、規則正しく鳴りひびいているのだ。

先に立った女は、隣の部屋の横を通り抜けて、奥の方へ歩いてゆく。隣室の廊下に面した障子は、開け放されてある。そして、依然として、その音は鳴りつづけている。彼は、その部屋の横を通り抜けるとき、そっと頸をまわして部屋の中に視線を走らせた。すると、思いがけぬ光景が、彼の眼に映った。

幼い女の子が、大きなゴム鞠を畳の上でついて、遊んでいたのである。女の子の小さな掌と、赤茶けた畳のあいだを、汚れた鼠いろになったゴム鞠が、規則正しく往復しているのだ。彼はおもわず、立止った。女の子はその気配を知って、ゴム鞠を両手に挟み、彼の方に顔を向けてちらりと笑顔をみせた。その笑顔は、暗い翳のない無邪気な子供の笑顔だった。そして、すぐにゴム鞠を畳の上でつくことを繰返しはじめた。

女は、二人の男を、奥の遮断された小さな部屋に案内した。その部屋には、肥った若い女が、坐って待っていた。布団が一つ、部屋の中央に敷いてあった。

「女が一人だけで、どうするんだ」

と、連れの男が呟いた。案内してきた女は、顔を笑いで崩すと、黙って衣服を脱ぎはじめた。

彼は、ふたたび元の暗い疲れた心に戻って、衣服の下から女の尖った肩の骨が現れてくるのを眺めていた。十二年前から見覚えのあるその骨は、一層するどく尖っているように、彼の眼に映った。

倉庫の付近

未知の土地の、未知の部屋の中に、彼は自分を閉じこめてみようと考えていた。

「そのことが、必要だ」

と、彼はおもった。

なぜ必要なのか、精しく筋道を立てて考えるより先に、彼は無性にその状況にあこがれた。酸素の少ない水の中にいる魚が、新しい水にあこがれて口をぱくぱく開閉するように、彼はその状況に身を置くことを欲していたのである。

丁度、べつの都会に住んでいる友人が、しばらく外国へ行くことになった。そこで、友人の部屋を借りて、彼は棲んでみることにした。

その部屋は、アパートの五階にあった。窓は北側にだけ開いていて、窓の下は幅の広い鋪装路がゆるやかにカーヴを描いて通っている。その道路の向う側には、倉庫が建っている。

倉庫といっても、近代的な高層建築物で、クリーム色にぴかぴか光る感じの壁面をもっていた。そのそそり立った壁面は、道に沿って道と同じカーヴを描いている。その壁面には、きわめて小さな窓がぷつぷつと開いていて、その明るい色にもかかわらず奇妙な陰気さを漂わせていた。

倉庫の向う側には、河口の水がみえる。貨物船のマストもみえる。汽笛の音が、時折ひびいてきて、その音が鉛色の水によく似合った。

夜になると、人通りは少なくなり、倉庫の前の道は、外国のギャング映画の舞台装置をおもわせた。とにかく、日本とはおもえぬ風景なのである。

彼が自分を閉じ込めてみるには、至極ふさわしい場所とおもえた。

窓から左をみると、そこは隣のアパートの灰色の側面があった。窓の一つもない、コンクリートのざらざらした側面が、そそり立っている。

つまり、彼の窓からの視界には、人間の住んでいる窓は、一つも存在していないのである。

自分を閉じ込める、といっても、食事をしないわけにはいかない。

最初の数日間は、台所にあったカンヅメなどで、済ますことができた。

友人は、出発するときに、いろいろと注意事項を言い遺していった。そのうちの一つに、こういうのがあった。

「毎朝八時ごろになると、魚屋がやってきて、この窓の下に店をひろげる。盤台の上に、魚をいろいろ並べるわけだ。窓の下といっても、この窓は五階にあるから、くわしくは品物が見分けられない。そこで、だ」

と、友人は戸棚を指して、

「その中の一番上の棚に、双眼鏡が入っている。それを使って、よく見てもらいたい」

カンヅメ類が無くなった朝、彼ははるか下の地上の気配に耳をそばだてていた。

「さかなあ、さかな、さかな屋だよう」

それが、魚屋の呼び声であった。ダミ声である。

彼は窓を開き、双眼鏡を眼に当てて、地面に向けた。赤い色が、レンズ一面にひろがった。茹でた蟹の背中が、映し出されたのだ。その蟹の背中には、あちこち小さな起伏があるらしく、人間の笑い顔に似ていた。

「春愁や

笑いしままの

笑い面《がお》」

無名の人の句である。彼が小学生の頃、新聞の懸賞に当選して発表されていたその句が、ずっと記憶の底にとどまりつづけた。それが、いま、不意に浮び上ってきた。

盤台の上には、蟹のほかに、カキの剝き身と、イカと、サバが並べられていた。曇り日で、サバの背が暗く光っていた。

老人の魚売りが、盤台のうしろにうずくまり、背をアパートの建物の壁にもたせかけているだけで、買手の姿はまだ見えない。

彼は、眼にくっつけた双眼鏡を、すこし持ち上げて、周囲を見まわした。上半身をぐっと窓から乗出して、双眼鏡を旋回させ、風景を撫でまわした。

不意に、女の顔が大写しにされた。歩いている人間の顔ではない。家の中に坐っている人間の顔である。

「そんな筈ない」

彼は双眼鏡を眼から離し、肉眼でたしかめた。すると、隣のアパートの建物の陰になって今まで気付かなかったが、小さな日本家屋があった。

商店風の構えである。彼はもう一度、双眼鏡を眼に当て、その家屋の様子を確かめた。土間に、新しいバケツが積み重ねてある。壁に、幾本もホウキとハタキが吊されてある。カメノコダワシの束ねたものもみえる。薄暗い棚の上に白くみえるのは、チリ紙らしい。

要するに、雑貨屋である。

女は、その店のおかみであろう。彼はふたたび、その女の顔に双眼鏡を向けた。三十の半ばくらいか、落着いた、むしろ安穏な表情の女がそこに坐っている。


彼は、魚屋に言ってみた。

「あんなところに、雑貨屋があるね」

「ありますよ」

老人はそう答え、わざわざ立上って、彼の傍へきて並んだ。二人の男が、並んでその店を眺める形になった。店の中に、女の顔の小さい白い輪郭がみえていた。

「お客さんは、新しい顔だね」

と、魚屋が言う。

「今度、こっちへきたんだ」

何の脈絡もなく、老人は、その女の店の方を顎でしゃくってみせて、こう言った。

「あの女は、むかし遊郭にいてね」

彼は双眼鏡の中でみた、女の安穏な顔を思い浮べた。

「そうかな」

あいまいに、彼は答えた。一つには、そういう話題に、まき込まれたくなかった。なにか、なまなましい話の糸口の予感がした。せっかく、人間のいない風景の中に、自分を閉じこめていたのだから。

「そうだとも」

老人は、強い語調の言葉を、彼のあいまいな応答の上に押しつけて寄越した。

彼は、いそいで蟹を一つ買い、老人に背を向けて自分の部屋に戻った。扉を締め、鍵を内側から掛けた。

翌朝、魚屋の売り声が聞えると、彼は部屋を出て、地面に降りて行った。

老人は、サバを新聞紙に包んで彼に手渡すと、立上った。彼の傍へ軀を近よせて並ぶと、雑貨屋の店の中に、まっすぐ視線を向けて、言った。

「あの女は、人を一人殺したのですよ」

店の中には、小さい白い顔の輪郭がみえていた。それはじっと動かず、こちらの方を眺めているようにみえた。細部は分らないが、その顔には安穏な表情が浮んでいる筈だ。

「まさか」

彼が言うと、老人は烈しい口調になって、

「嘘じゃないよ。心中してね、男は死んだが、あの女だけ生残ったんだ」

「…………」

「もう、だいぶ以前の話になるが。わしは、よく知っている」

老人は、「どうだ」という顔つきで彼を見た。彼はそれ以上、その話題に深入りすることを避けて、自分の部屋に戻った。

次の朝からは、彼は魚屋がきても、部屋を出なかった。

数日経って、チリ紙を買いに行く必要が起った。五階から地面へ降り立ったところで、しばらく彼は思案した。向うに見えている雑貨屋に行こうか、それとも他の店を探そうか迷ったわけだ。

結局、あの女の安穏な表情の裏側にあるものへの好奇心が、彼をその店の方へ押しやった。

「自分を、あの女が知っているわけのものでもないから」

と、彼は自分に言いきかせ、一つの風景でも眺める気持をこしらえて、その店の方へ歩いて行った。

店の中の女の顔がしだいに大きく眼に映ってくる。その顔は、じっと彼の方に向いたままである。

「チリ紙をください」

「はい」

その店のおかみは、愛嬌のよい笑いをみせて品物を手渡した。そして、彼としては意外な言葉が、その女の口から出てきた。

「魚屋のおじいさんが、なにか言っておりまして」

彼はおどろいて、相手の顔を見た。

「人を殺したとか言っておりましたでしょ」

「ええ、しかし……」

しかし、どうしてそういうことが分るのか、という意味合いの「しかし」である。彼女はその気配を素早く悟って、

「毎朝、二人で並んで、あたしの方を見ながら話し合っていたじゃありませんか」

彼女は言葉をつづけて、

「あのおじいさんの言ったことは、本当のことですわ。でも、あのおじいさんは、肝心なことはなにも知ってはいません」

そして、彼女はその肝心なことを話しはじめる気配である。彼はいそいで話題を変えようと試みた。

「しかし、あのおじいさんは、なぜ初めて顔を合せた僕などに、そんな話をしたのだろう」

「それは、あなたが初めて会った人だからですわ。あのおじいさんは、この近所の人全部に、そのことを知らさないと気が済まないのです」

「しかし、それはまた、なぜだろう」

「以前に、あのおじいさんが、わたしに言い寄って、わたしが断ったせいですわ」

不意を打たれた感じで、彼は黙った。その隙に、彼女は喋りはじめてしまった。

「肝心な点は、こうなんです」

肝心な点、といったところで、どうせ退屈なくせになまなましい話にちがいない、と、彼ははやくもうんざりした。

ところが、間もなく彼女の話に興味をもって耳を傾けている自分に、彼は気付いた。

その「肝心な点」というのは、こういうことであった。

彼女が、遊郭の中にある娼家で働いていたとき、中年の男と愛し合うようになった。二人は一緒に暮すようになりたいと願うようになったが、それぞれの立場から、そのことは困難だった。男には、妻子がいた。

そういうことのために、二人は心中しようと思い詰めたわけではない。心中、という事柄は、一種ロマンチックな空想として、二人の頭の中を掠め過ぎてゆくだけのことだった。

「一しょに死にましょう」

と、女が口走ることもあったが、所詮、それを現実の問題として、考え詰めてゆくわけのものでもなかった。

やがて、一の酉の日がきた。

遊郭の近くに神社があって、酉の市が立った。そして、そのときは全く何気なく、彼女は男をその市に誘った。

「熊手を買いに行きましょう」

彼女はうっかりしていたのだ。うっかりしていたことに、熊手を売る店の前に立ったとき、彼女ははじめて気付いた。帯の間からガマ口を抜き出して、口金を開いたとき、はじめて気付いた。

商売繁盛のおまじないのために、その熊手を買うわけである。自分の商売の内容を、彼女はいまはじめてのように、なまなましく思い浮べた。

賑やかな市に、彼女は男と手を取り合って、初心な心持で出かけていった。はなやいだ、うぃうぃしい心が戻ってきていたために、彼女は自分の商売を失念していたのだ。

さらに悪いことには、熊手は毎年、一まわり大きいものと買い替えるのが慣例である。そのことに思い当った彼女は、自分がこの遊郭へきてからの年月の長さを思い浮べて、狼狽した。

その年、彼女が買わなくてはならない熊手は、かなりの大きさのものなのだ。極彩色に塗られたお多福の面や小判やサイコロなどの装飾物が、いっぱいくっついている熊手なのである。

原色の絵具の色が、毒々しく彼女の眼に映った。商売繁盛……。

その毒々しい色が、彼女の商売の内容を、指し示しているようだ。

男は、商家の主人である。

彼女は、ややためらった末、一番小さい熊手を指さして、それを買った。生地のままの竹で作られた、飾りのない、二本の指でつまめるほどの大きさの熊手である。指のあいだにその小さな熊手を挟んで、彼女は放心したようになって部屋に戻ってきた。男も、彼女と一しょに戻ってきた。

部屋の戸を開いた瞬間、ナゲシに差してある去年の熊手と、彼女たちは正面から向い合ってしまった。その熊手は、極彩に塗られたこまかい装飾物をいっぱいぶら下げていた。

彼女の指のあいだの小さな熊手を嘲笑しているかのように、その熊手は大きく手をひろげ、毒蜘蛛に似た形で壁にへばりついていた。

彼女の膝から力が脱け、小さな熊手を握りしめたまま、その軀は畳の上に崩れ落ちた。激しい情念の動きが、男を捉えた。そして、それは直ちに女に伝わってゆき、とどまるところなく膨れ上った。

その夜、二人は薬を嚥《の》んだのである。

男は死に、女だけ生きながらえた。


話し終えると、それで彼女の気が済んだとみえて、その顔は元のあの安穏なものに戻っていた。

この界隈で、初めての顔を見かければ、必ず彼女は魚屋の老人の話の修正を試みているのかもしれない。おそらく、彼女の秘密な打明け話を聞かされたわけではないのだろう、と彼はおもった。

そして、人間のにおいがぷんぷんと立ちこめたその話に引きずり込まれかけた彼は、彼女の顔が元に戻るのをみると、彼自身も部屋に戻って、部屋の中に自分を閉じこめようとおもった。

彼が店を出ようとしたとき、一人の老婦人が入ってきた。上品な顔つきで、昔の美しさが偲ばれる婦人である。その顔も、安穏な表情におおわれていて、それはこの店のおかみと似通っていた。

そのことが、ふと彼を不安にさせた。彼女たちは、親しそうな様子で挨拶し合い、なにやら会話を取りかわしはじめた。

彼は自分の部屋に戻りながら、いま眼に映った二つの安穏な顔を思い浮べていた。そして、この土地を去って、元の雑踏の街に戻ってゆく時期が近づいていることを感じていた。

香水瓶

廃業した娼婦の話を、書こうとおもったことがある。いわゆる赤線地帯がまだ廃止されていない頃に時代設定をして、その地帯から外の社会へ出た娼婦を主人公とする。しかし、ようやく外へ出ることができた彼女に、元の場所へ引き戻す力が少しずつ働きはじめる。外の社会が彼女の前身を嗅ぎつけて、弾き出し押し戻そうとする……、そういう力も働かないわけではないが、それは決定的な力ではない。

最も大きなものは、彼女自身のなかに潜んでいて、彼女を元の場所へじわじわと追いやる力である。その場所での生活は、外の社会から見れば異常であるが、彼女にとっては日常生活といえるものになっていた。その日常生活のあいだに彼女の細胞に滲みこんでしまったものが、彼女の理性を圧倒する強さで彼女の軀に働きかける。そして、彼女はしだいに元の場所に引き寄せられてゆく……。その根強さ、おそろしさを描いてみたい、とおもった。

そのテーマの具体的な裏付けを採集したい。そのために、私は何をしたか。「蛸の話」という短篇の一部で私はそのことに触れた。その部分を引用してみる。

ある日。私は、あるビルの地下室へ通じる階段を降りていた。

その地下室にある喫茶室に、むかし馴染んだ娼婦が勤めているという噂を耳にしたからだ。

懐しい気持もあった。どのようにして勤めているかという不安もあった。と同時に、材料が拾えまいか、という下心もあった。

彼女は、レジスターのところに坐っていた。思いのほか、気楽そうに勤めていた。

店が終ってから、会おうということになった。

数十分経って、別の喫茶店で私は彼女と向い合って、雑談を取りかわしていた。

彼女の顔にも、懐しそうな表情が浮かんでいた。くつろいだ雰囲気だった。私は雑談の中に、一つの質問を挿んだ。不意に、彼女の顔が引きしまり、椅子の上で居ずまいを正した。そして、彼女は切口上で、こう言ったのである。

「わたしからは、もう何んにもタネは出ませんわよ」

それから数ヵ月経ったある夜、私はまたしても、彼女の喫茶室への階段を歩み降っていた。どうしても、彼女に訊ねたい事柄があった。そのとき書いている小説のために、必要なのである。

私の上衣の右ポケットには、舶来の香水瓶、左のポケットには女もののライターが入っていた。階段を降りながら、私はポケットの上から、その品物に触ってみた。これらの品物を渡すことは、彼女を侮辱することになるかもしれない。一層、彼女を立腹させることになるかもしれない。

危ぶみながらも、私はそれらの品物を彼女に手渡すつもりで、ゆっくり階段を歩み降っていった。

その二つの品物を手渡したとき、どういう反応が起ったか。

彼女は、素直に喜んだ。

「わたしの使っている香水、覚えていてくださったのね」

私は戸惑った。タブーという香水である。私は香水についての知識をほとんど持たないし、彼女の常用の香水について考えてみたこともなかった。「タブー」を邦訳すれば、「禁忌」とでもなろうか。香水売場で、その名が私にほとんど無意識のうちに働きかけ、その品物を選び取らせたといえよう。

正直に答えることにした。

「じつは、知らなかった。当てずっぽうに、買ってきた」

彼女の顔に、失望の色が浮んだわけではない。

「でも丁度よかったわ。香水が失くなりかかって、買わなくては、とおもっていたところなの」

贈物に、香水とライターを選んだことに、とくに意味があったわけではない。嵩ばらぬ小さな品物、ということと、私の収入としてはかなり高価な買物ということで、選んだわけだ。しかし、この会話で、焦点が香水に合った。その「禁忌」という名が、私の気持に強く絡まった。

躊《ため》らいが起った。私の質問したいことは、彼女にとって禁忌とおもえる。それを質問することによって、せっかくの贈物を、下心のある不潔な品物に変えたくない。

しかし……。赤線地帯が廃止されてから、一年経った頃のことだ。元の場所に押し戻されることは、起らぬことなのだから……。やはり、その質問を口にすることはできず、

「店が終ったら、酒でも飲もうか」

と、私は言い、彼女は頷いた。

喫茶室が閉まるまでの約三十分を、私は街の書店で過すことにした。棚に並んでいる書物の背を眺め、ときおり抜き出して内容を調べてみる。

やがて棚の隅に、「世界童謡集」という背文字を見付けた。

「この本が、新しく出たのか」

呟きながら、その書物を手に取り、頁を繰ってみた。自分の書棚に、私は一冊の同じ書名の本を持っている。古本屋で見付けたものだ。その書物に収められた童謡に触発されたいくつかの短篇が、私の作品群のなかにある。

懐しい気持で頁を繰り、内容を調べた。私の持っている書物とは、かなり内容が違っていることが分った。そのうち、一つの童謡が私を捉えた。「悪魔」という題である。

「朝お寝床から起きたら
手を洗って目をきれいになさい。
それから
よく気をつけるんですよ。
洗った水を
撒きちらかさないように。
だって捨てた水が
光っているうちは
悪魔がそこにちゃんといますから……」

その童謡の中から、彼女の姿が立現れてきたのだ。外の社会で、彼女は朝起きて、顔を洗う。水道の蛇口の下に洗面台のある現代では、井戸端と洗面器にたたえた水とは比喩として存在するわけだが、ともかく顔を洗った水にも悪魔は身をひそめている。あの地帯での長い間の日常生活の習慣の記憶が、彼女の細胞の中で揺れ動き、刺戟し、彼女の心に呼びかける。

水の入った洗面器を軀の前で支え、遠くまで捨てに行く。捨てた水が眼に映らないように、捨てに行く。あるいは、排水孔の中に零《こぼ》さぬようにゆっくり注ぎ込む……。そのくらいの慎重さが、彼女にとって必要なのだろう。

「やはり、質問するわけにはいかない」

と呟いて、私は書物を閉じ、元の場所に押し込んだ。

一時間後、小料理屋の一室で、私は彼女と向い合って坐っていた。

酒の酔が、彼女の眼のまわりを僅かに桃色に染めている。私も、軀の奥に酔を覚えはじめた。

「黒田さんは元気かな」

と、彼女のパトロンの名を口に出してみた。私のまだ会ったことのないその中年男は、以前から変らず彼女に親切である。彼女を外の社会へ引き出して、現在の場所に置いたのは黒田である。彼女がレジスターの前に坐っているのは、その喫茶室の責任者の位置を与えられているということだ。

「相変らず、元気です」

「きみも、今度は大丈夫だね。もう落着いたろう」

黒田は二度彼女を外の社会に引き出し、二度とも彼女は元の場所に戻ってしまった。今度が、三度目なのである。

彼女は黙って笑顔を示した。つくった笑いで、眼が眩しそうなのは、恥じらいのためだ。

「たとえ大丈夫でなくなっても、もう引返す場所がないからね」

「…………」

「しかし、無くなってしまったあの場所のことを考えると、懐しい気持が起ってくるなあ……。男の自分勝手な気持かもしれないが」

不意に、彼女の皮膚を、身近に感じた。着物に包み込まれた彼女の皮膚が、私の頭の中で剝き出しになり、その暖かさを自分の体温のように感じた。畳の上に置かれた食卓の向う側に、彼女は坐っている。あの地帯の彼女の部屋で、私はたくさんの時間を過した。切れ切れの時間だが、寄せ集めると、かなりの分量になる。その頃の記憶が、私の軀の底から滲み出てきた。

眼が光るのを、私は感じた。間もなく立上って、食卓の向う側にまわり、彼女の両肩を二つの掌で挟みつけることになる……。立上ることを抑制しても、それは無駄だ、と感じ、坐っている膝頭とふくらはぎに力の籠もりかかるのに気付いた瞬間、彼女が立上った。

私の気配に気付いて立上ったことは、瞭《あきら》かだった。私が立上っていれば、彼女は身を避ける動作に移る筈のものだったが、私はまだ坐ったままだ。彼女の動作が一瞬戸惑い、風に吹かれたように窓ぎわに移動すると、窓の外の風景に眼を放った。

私は立上って歩み寄り、彼女のうしろに佇んだ。彼女は僅かに身を避ける素振りになって、言った。

「ネオンサインが、たくさん見えるわね」

それは、答える必要のない無意味な言葉である。私は、彼女の肩に手を置こうとした。

彼女ははげしく身を捩らし、強い声で言った。悲鳴のようにも聞えた。

「やめて」

「どうして」

「……………」

念を押すように、私は訊ねた。

「喫茶室に勤めはじめてから、浮気は一度もしたことがないのか」

「無いわ」

「どうして」

「一ぺんで崩れてしまうもの」

「……………」

「手助けして」

と彼女が言い、私はそっと肩から掌を離した。捨てた水が光っているうちは、悪魔がちゃんとそこにいますから……、という童謡の文句を思い出していた。

最初用意していた質問を口に出すことを、このとき私は完全にあきらめることにした。

一年経ったある夜、私は香水瓶をポケットに収めて、喫茶室への階段を降りていった。

「よかったわ。残りが少なくなっていたので、そろそろ買わなくては、とおもっていたの」

と、彼女は言った。

私は、彼女の仕事が終るのを待ち、一緒に酒を飲み、当りさわりのない世間話をして、別れた。

また一年経ち、私は香水瓶をポケットに入れて、彼女に会った。

「この香水瓶、丁度私の一年分あるのね。前のが無くなりかかっているから、姿を現す頃だとおもっていたわ」

と彼女は言い、それから後の時間は、前の年と同じに過ぎた。

さらにまた、一年経った。

「一年に一度、会うわけね」

香水瓶を受取りながら、彼女がいった。

「もう居なくなっているかもしれない、とおもいながら、階段を降りて行くんだ」

「わたしは、いつまでも居ますわ」

「えらいね。きみもえらいが、黒田さんもえらいとおもうな」

「さあ……。結構、打算もあるのよ」

気軽に夫の悪口を言う妻の口調に似ていた。同時に、あの地帯の一流の娼家で、長い間お職を通していた女の誇り高さも、その言葉から感じられた。また、一方的に恩恵を受けているわけではない、社会事業家を褒めるような言い方はしてもらいたくない、と私を咎めている言葉でもある。

また、一年経った。

「こういう茶飲み友達みたいな相手も、いいものでしょう」

と彼女は言い、私の顔を確かめるように眺めると、

「相変らず、悪いことばかりしているの」

「まあ、ね」

「よく倦《あ》きないわね」

「きみは、とっくに倦きてしまっているわけか」

「そう……」

彼女の視線が宙に停った。いま彼女が当時の生活を思い浮べていることは、瞭かだった。すぐに、その記憶を追い払うだろう、と私は様子を窺っていたが、いつまでも彼女の視線は宙にとどまっている。

「倦きてしまったわけか」

もう一度、私は声をかけた。眠りから呼び醒まされたような眼で、彼女は私を眺め、

「え……、まあ、ね」

と言い、不意に思い付いたように訊ねた。

「血液検査をしたことあります」

「検査……、血液型のか」

「違うわよ」

「梅毒の検査か」

「ええ」

私は、あらためて彼女の顔を眺めた。この五年の間に、その種の話題が出たことはなかった。以前の生活を思い出させるものは、危険な話題としてすべて避けられてきた。何が彼女に起ったのか。

「半年ほど前に、してみた。念のために、ときどきしてみることにしている」

「それで……」

「マイナスだったよ。三種類の方法で検査して、みんなマイナスだった」

「そう、それはよかったわ」

「よかったって」

「わたし、出たの。治ったつもりだったのが、一年ほど前に出たのよ。今度は本格的に治療して、すっかり治してしまったけれど」

むしろ淡々とした口調で、彼女は言う。私は笑いながら、言ってみた。

「いつか、きみの肩に手を置いたら、手助けして、と言って断ったことがあるね。しかし、軀の中に潜りこまれては、断るわけにはいかないな」

「断る……」

「つまり、当時のことを否応なしに思い出さされてしまうという意味だ」

「そうなの、すっかり、おさらいをさせられてしまったわ。でも、そんなに生ま生ましく思い出しはしなかった」

「そうか、子供のころ集めた絵葉書を見ているみたいか」

「ほんと。治療が終ったときには、絵葉書みたいに見えたわ。だって、もう長い時間が経っているのですものね」

あの地帯での生活情景が、彼女にとって古い絵葉書のようなものになってしまっているのなら……。

「あの質問をしてみようか」

と私は呟いたが、すでにその質問に興味がもてなくなっている自分を知った。私はポケットから濃い焦茶色の香水瓶を取出し、「禁忌」と邦訳できる名前を確かめながら、

「来年には、香水を変えてみたらどうだろう」

と、言った。

あとがき

昭和三十三年三月三十一日……、もう二十二年も前になってしまったが、その日をかぎりに「赤線地帯」が廃止になった。そのとき、「これで、あの男も、小説の種がなくなった」と、私についての声もあった。また、娼婦のことばかり書く作家、と顰蹙《ひんしゅく》されていたムキもある。

今回、編集部の能登谷寛之氏の案で、「赤線の娼婦」について書いた小説をすべてここに集めてみることにした。その結果が、この十篇で、あまりの少さに自分でも驚いた。

そのうち、少々註釈をつけたい作品がある。現在の「原色の街」は、この本に収めた「原色の街」（初出）と「ある脱出」とを、部分および材料として長篇として書き直したものである。そのため、この二篇は、ほとんどの書物に入っていない。なお、前者は第二十六回芥川賞候補作に、後者は同じ賞の第二十八回候補作になった。「追悼の辞」は、エッセイとの重複部分が多いので、これまでの作品集には未収録だが、「娼婦小説」と私との間の鍵のようなものがここにある。ディテールの重複もところどころあるが、あえてそのままにしたところにも鍵がある。


「原色の街」　昭和二十六年『世代』十四号。

「ある脱出」　昭和二十七年『群像』十二月号。

「驟雨」　昭和二十九年『文学界』二月号。

「軽い骨」　昭和三十年『文藝』七月号。

「髭」　昭和三十一年六月『別冊文藝春秋』。


　この作品は、ひげを生やすことが、若い男にとってファッションの一つになっている今の時代、理解しにくいかもしれない。四分の一世紀前には、若い男のひげは全く別の印象を与えていた。


「追悼の辞」　昭和三十三年『小説公園』四月臨時増刊号。

「娼婦の部屋」　昭和三十三年『中央公論』十月号。

「手鞠」　昭和三十四年『新潮』十一月号。

「倉庫の付近」　昭和三十五年十二月『別冊文藝春秋』。

「香水瓶」　昭和三十九年五月「学研版・芥川賞作家シリーズ」。


装幀の村上豊氏の*絵は、五十四年の十月に、氏の個展を見に行ったとき、深く印象に残った。

「慈母観音」という題だと記憶していたが、それは間違いで「慈母」が正しかった。

昭和五十五年夏

吉行淳之介

＊二九四頁参照

私の小説の舞台再訪

赤線地帯が廃止されて、十年になる。その十年間に、吉原とか新宿二丁目の旧赤線をのぞく機会はあったが、鳩の町には一度も行ってみなかった。どうなっているか、という噂もつたわってこない。だいいち、いまの若い人はその名前さえ知らないだろうから、簡単に説明する。荷風の『濹東綺譚』の舞台である玉の井の私娼窟は、戦後その場所を東に移し、旧玉の井の西側に「鳩の町」という名称の場所ができて、この新興の土地のほうが玉の井より活気があったが、迷路の町であることは同じであった。「抜けられます」という有名な標識は、鳩の町にもあったように記憶している。

このごろ健康がすぐれないので、出かけるのが億劫な私なのだが、この訪問には興味があった。昔の恋人に会いに行く気持は、こういうものか。電車通りからの表口を見つける自信がないので、隅田公園のはずれに近い裏口からもぐり込む。ぼんやりした記憶をたどって歩いてゆくと、それらしき家並みの場所に出たが、ともかく一たん電車通りまで出てみた。肉屋のおかみにたずねて、昔の入口が分った。三メートルほどの道端の入口には、昔は「鳩の町」の文字の入ったアーチがあったが、そのアーチはない。しかし、その道筋には数メートル置きにアーチが組まれて、そこに「鳩の街通り商栄会」という横書きの札が掲げられている。

これにはわが意を得たが、意外でもあった。土地の人は、「鳩の町」という名前に愛着をもって、これを残そうとしている。

この通りの途中から、右へ折れ込むと、そこに迷路の町がひろがっている。右へ折れる路地を、私はごく自然に見付け出した。記憶が甦りはじめた。その路地をすぐに左に曲る。昔と同じ建物が道の左右に並んでいるが、人影はほとんどない。午後四時、昔ならチラホラ女の影が見える時刻である。建物を調べてみると、人の住む家もあり、安宿もあり、無人の家もある。「三畳貸します」という札がみえたりする。この近くの店のバーテンダーなどが借りる、ということを、あとで聞いた。

私は、以前「花政」という屋号だった家を捜している。それとおぼしき家では、道に面した部屋で一家三人が手内職をしていた。首を突込んで、たずねてみる。私の記憶ちがいで、その道が突当り、右へ折れ、すぐに左に曲ると、また同じような家並みが現れる。ここで私の記憶ははっきり甦って、狂いなく「花政」の店へたどり着いた。

その店は昔のままだが、内部では機械が並んでうなり声をあげて動いていた。ここのおやじは山崎政吾氏といって、懇意にしていた。十数年前、そのおやじが「もうこの商売はだめです。わたしはポリエチレンの加工業に転業します」といったが、いま私の目の前では、十数年前の言葉どおりに、黒い機械が印刷されたポリエチレンの袋を吐き出している。感慨があった。

ところで、ここで作品『原色の街』についてふれる必要があるだろう。二百二十枚ばかりの『原色の街』は、昭和三十一年に刊行になったが、その原型となった百枚の作品は二十六年秋、同人雑誌「世代」に載って、芥川賞の候補作になった。その作品を書きあげたのは、さらにその一年前、二十五年のことである。昭和二十五年といえば、いまから十八年も昔のことで、いま一瞬、歳月の詐術にかかった気持になった。

作品の意図については、以前に書いたものがあるので、引用する。

「この作品の背景は、いわゆる赤線地帯であるが、その場所の風俗を書こうとおもったわけではない。このときまで私はそういう地域に足を踏み入れたことは、二、三度しかなかったし、娼婦にふれたことは一度もなかった。もともとこの作品で私は娼婦を書こうともおもわなかった。

私の意図の一つは、当り前の女性の心理と生理のあいだに起る断層についてであって、そのためには娼婦の町という環境が便利であったので背景に選んだ。意図のもう一つは、娼婦の町に沈んでゆく主人公に花束をささげ、世の中ではなやいでいるもう一人の主人公の令嬢の腕の中の花束をむしり取ることであった。善と悪、美と醜についての世の中の考え方にたいして、破壊的な心持でこの作品を書いた」

しかし、背景があまり出鱈目では困るとおもっているとき、たまたま「花政」の主人に紹介してもらう機会があった。以来、懇意になったが、私はこの町では馴染みの女はできなかった。そのかわり、いろいろな友人を引張って行って、山崎さんに紹介した。私は、女にではなく、この町全体に耽溺していた。『原色の街』の主人公のような娼婦は、現実には存在していないとおもっていたが、その後、新宿二丁目でそっくりとおもえる女性を発見した。私の娼婦への耽溺は、そのときからはじまり、その体験を芯にして書いたのが『驟雨』『娼婦の部屋』などである。

ところで、ポリエチレンの小工場に声をかけると、若い男が顔を出して、私を覚えている表情になった。この家の息子で、当時は中学生であったというが、私は忘れていた。間もなく、この家の山の神が現れ、これは忘れてはいないどころか、ひどく懐しい気分である。当時、いろいろ迷惑をかけ、面倒をみてもらった。

コウモリ傘をカタにして、泊めてもらったこともある。なにしろ金がなくて閉口していた時期だから、ずいぶん無理をいった。金を持っていない友人二人を借りで泊めてもらい、私自身は金を借りてほかの店へ泊まったこともある。もっとも、これらの金は、結局工面してきれいにした。遊びの金の借りと、勝負事の借りは、私には残っていない。

作品の中に出てくる次の言葉は、昔、直接「花政」のおやじから聞いたものである。

「近ごろでは、子どもたちがかわいくて、少年野球に手を出していますよ」

「あたしゃね。この少年野球の仕事が一段落しましたらね、翌々年の区会議員選挙に、一つ立候補しようと考えているのです」

その言葉のように、現在、山崎氏は区議（四選）であり、少年野球の仕事もつづけている。

座敷へ上がって、奥方と雑談していると、「おやじ」が帰ってきて、一しきり話がはずんだ。雨の日であった。私が山崎家に別れを告げているとき、おやじは私のコウモリ傘を見て「いいコウモリを持っているね」と、笑った。あきらかに往時を思い出している笑いであった。

＊

十年以前に書いた『驟雨』という作品の背景は、新宿二丁目である。この十年のあいだに東京のビルの数はいちじるしく増え、道路は自動車で埋められ、地下鉄は地面の下で枝をひろげた。もはや戦争のための廃墟のあとは無くなったが、しかし四年前、赤線廃止とともにいくつかの新しい廃墟が現れ出て、現在もその一部はそのままの姿をさらしている。

「二丁目」といえば、以前は娼婦の群を指していたが、今ではそれは単に土地の地名になっている。

その一部分は、トルコブロやヌードスタジオや旅館に変身したが、残りの建物はそのまま入口を釘付けにされ、夜になっても灯をともさない。そういう暗い家を眺めていると、一層あざやかに往時の情景がよみがえってくる。

「ちょっと、ちょっと、そのお眼鏡さん」

「あら、あなたどこかで見たことあるわよ」

「そちらのかた、お戻りになって」

客を呼ぶ娼婦の声として、私はこのように作品の中に書き記した。じつは、この文句は永井荷風『濹東綺譚』のうちからそのまま持ってきたもので、また事実、戦後の町でも女たちはこれと同じ呼び声を口に出していた。戦後の娼婦の町は明るいクリーム色のペンキのように、戦前の陰翳を失っていたが、客を呼ぶ声だけは昭和のはじめと同じだったのである。そしてこういう場所にもぐりこんでゆく男たちの心も、やはりいつの時代になっても同じようなものだろう。

（一九六八年）

赤線という名の不死鳥

赤線の灯が消えてから、かなりの時が経過した。そのことに関しての、さまざまな問題があるが、まず、赤線で働いていた女たちはどうなったか、ということに焦点を合わせることにしよう。

彼女達がどうなったかという問に対して、答はただ雑然と私の頭のなかに並ぶだけで、はっきりした手ざわりをもって、私に触れてこない。

私は、昔馴染んだその地帯を、頭のなかに浮べてみた。その入り組んだ街路は、あざやかに私の脳裏に浮び上ってくる。一軒一軒の店の構えから、ゴミ箱の在り場所まで、浮び上ってくる。そして、その店々の前に立ち並んでいた女たちのうちで、私の記憶にはっきり残っているいくつかの顔、体つき、喋るときの表情、そういうものを綜合した彼女たちの気質のようなもの、そんなものがつぎつぎと、私の脳裏をかすめて過ぎた。

その女たちは、いま、どこでどういう生き方をしているのだろうか。そのことを知るための手がかりは無いものだろうか。以前、私は娼婦たちのいる街を数年にわたってうろつきまわった。そのときはけっして小説にする心づもりはなかったが、結局、娼婦たちを私の題材にしてしまった。その彼女たちがいまどうなっているかを知ることに、一種の義務感のようなものを私は覚えたのである。じつは、私はそのことを知るための手がかりをもっていた。しかし、その手がかりを握っている一人の女性に連絡をつけることが、私には恐ろしかった。

＊

その女性が赤線地帯で働いているとき、私は彼女と会った。ほぼ三年のあいだ、私は彼女の部屋にかよった。私は彼女を微温的な心持ではあったが、やはり愛していた、といってよい。

赤線が廃止になる以前に、彼女のパトロンが、彼女に堅気の職を見つけてきた。生活を保証して、彼女がこの地帯から抜け出す機会を与えたわけであるが、一方、私は結核になって入院し、彼女との間は疎遠となったのだが、それでも都心からはるかに離れたその病院に、彼女は三度ほど見舞にきてくれた。

入院中、彼女との交渉を書いた私の作品が賞を受け、まもなく、私は退院した。しかし、私はほとんど動けないほどの病状であったことと、経済的に窮乏していたために、出むいていって彼女に酬《むく》いるところがなかった。もちろん、彼女は金銭の報酬を望むような人柄ではなかったが、私は彼女に会って題材にしたことについての詫びと謝意をあらわすことができないことに、気がとがめていた。

一つには、私の妻が、私が彼女に自著を送ったことを知って、ヒステリィ症状を呈したことも、私の行動を束縛していた。当時、私には、その症状をはねかえすだけの、気力を欠いていたのである。

彼女は、堅気の生活をつづけることができていて、ある街角のタバコ売場に坐っていた。時折、私は自分の本ができると、紙につつんでその窓口から彼女に手わたしていた。

一度だけ、私は彼女と喫茶店で向い合ったことがある。そのころ、私の頭の中には、一たん赤線地帯の中の生活形態にまきこまれて、体が馴染んでしまった女は、外の地帯へ出たとしても彼女たちの体が、じりじりと元の街の方へ引寄せられてゆくのではなかろうか、という考えがあった。このときは、あきらかに、私はそういう問題についての作品を書こう、と考えていて、その材料を彼女から引出そうという心が動いた。

彼女は、生活形態が変ったとき、体の内部のバランスが崩れて、ジンマシン様のものに悩まされはじめた。その病状がまだつづいていて、彼女の顔の皮膚を傷《いた》めていた。そういう状況も、私の創作欲を刺戟したものとおもえる。

　私がさりげなく質問をはじめたとき、不意に彼女は表情をかたくして、

「もう、私からは引出せるものは、何もないわ」

といった。その言葉は、私の心に突刺さり、私のうしろめいた心持をえぐった。私は、自分をなさけない人間と感じた。

　それでも、時折、私は自著を彼女の坐っている窓口に差入れた。そして、また性懲りもなく、彼女を題材にした短篇を書いた。一昨年のことである。その批評が新聞に大きな活字で出た日、彼女から電話があった。私は不在だった。その電話のことを知って、私は久しぶりに彼女のいる街角へ出かけていった。しかし、そこにあった建物は取こわされて、新しいビルが建築中であった。

　彼女を探す手がかりを、私は知っていた。しかし、そうすることが恐かった。そして、そのままになっていた。

＊

　その後の赤線地帯を探る仕事を引受けたとき、私はまず第一に、彼女に連絡を取らなくてはならぬ、とおもった。しかし、そのことが、私にはできなかった。心当りを、電

話帳で探して、電話をかけ問合わせることが、私にとっては難事業であった。

締切りの日は、しだいに迫った。私はついに思い切って、電話で彼女の行先を問合わせた。案外簡単に、それは分った。別の場所で、彼女は堅気の勤めをつづけていたのだ。その場所に思い切って私は電話した。彼女はやさしい声で、私と会うことを承諾してくれた。

夜、私は喫茶店で、彼女と会った。私は目的を告げずに、質問を試みた。目的を明かしてしまおうと幾度も思ったのだが、先日拒否された記憶が、私を妨げてしまった。質問しながら、私はポケットから比較的高価な小さな品物を二つ出して、さりげなく、彼女に贈った。彼女が私の意図を知ったときには、私は二重の非礼を犯していることになるかもしれぬ、とおもいながら。彼女は、よろこんで、受取ってくれた。

彼女のいた家の女たちの消息を、私はたずねた。

新井薬師で芸者をしていて、新宿のその地帯へやってきた女がいた。二十五六の美しい女で、男好きのする、そして鼻の先のしゃくれたちゃっかりした顔つきをしていた。彼女は気の向くままに、キャバレーに移ったり、またもとの場所に戻ってきたりした。住んでいる環境に倦《あ》きると、気軽に住む場所を変える、という風であった。

「あの女は、どうした?」

「公務員の人と、結婚したわ。へんに世帯染みて、おかみさん風になっている」

その隣の店にいて、服装なども洗練されたお嬢さん風の女は、バアに移り、ひたすら前身をかくして、あるマスコミ関係の男性と結婚したそうだ。

彼女の朋輩に、目立って背の高い女がいた。髪が黒く長い女で、その豊かな美しい髪が、平凡な人好きそうな顔と、よい対照をみせていた。私が彼女のところに通っているとき、その女は私に、しばしばこういったものだ。

「ちょっと、頸《くび》すじのところを、つまんでくれない。はやくお客があがるおまじないにさ、あんたにやってもらうと縁起がいいのよ」

この女は、赤線が廃止になる日まで、しだいに若さを失いながら店先に立っているのを、見かけたものだ。

「あの女はどうした？」

「あの人はかわいそうよ。わるいヒモがついて、離れないの。薬の中毒になってしまって、廃人のようになっているわ」

吉原はあまり薬（阿片）と関係がないが、新宿の女はしばしば薬に犯される。薬を媒介にして、ヒモと女とがつながることもしばしばなのだ。

彼女にいろいろの女の消息を聞いていると、赤線地帯にいた女は、それぞれの女のタイプにふさわしい位置に、その身がおさまっているようにおもえてきた。

「しかし、体がさびしくなることはないか。一人の男が守れるだろうか」

「それは、いろんな人がいるわ。だけど一たん堅気になったら、逆にうんと堅くなってしまうのよ。体のことを、知っているだけに、かえってね」

私は、彼女に接吻しようとして、拒否されたことを附記しておく。

＊

「赤線地帯にいた女は、それぞれの女のタイプにふさわしい位置に、その身がおさまってゆく」という私の考えは、吉原に行ってみたとき、一層の裏付けを得たようにおもった。

吉原という地区には、私はさしたる馴染はなかった。

そこで、揚屋町《あげやまち》の大店《おおみせ》の女主人に、話を聞きに行った。その店は、いまは旅館に転業し、同時に質屋を開業している。

「吉原はすっかりさびれましたね。この周辺に女が立っていたり、ポンビキがいますが、ああいう女に、この街にいた女がなっていますか？」

「いない、とはいえませんが、ほとんどいないといってよいでしょう」

とくに、大店の女の子は「うちそだち」、つまり、自分自身で客を引かなかったから、そういう形にはなれない、という。いま吉原周辺に立っている女で、赤線地帯にいた女の子は、少数混っているだけだ、という。

いま、吉原は、ヒモのついた悪質の女の子に取囲まれている形で、その内側にある地帯にはなかなか堅気の客は足を踏み入れず、したがって、集団旅館群として新生しようという業者たちの狙いは、実現がすこぶる困難である様子だ。

さて、その女主人に聞いた、その店にいた女の子の消息について、書いてみよう。

A子　稼ぎは、店の女の子たちのなかの中の下くらいにすぎなかった。しかし、極端なしまり屋で、爪に火をともすようにして、四年間に三百万円蓄財した。

廃止後、A子は、家を建てて住み、そのうちの一間を間貸している。そして、自分は上野のキャバレーに勤めて、一層蓄財にはげんでいる。金を蓄めることが楽しく、男には興味なし、という。

B子　美人で、むつかしいことも喋ることができ、マージャンもゴルフもできた。店では特別待遇の稼ぎ頭だったが、乱費家で金は残らなかった。廃止後、銀座のキャバレーに勤めていた。この地帯の女で、バー、キャバレーなどの水商売に移ったのはかなりのパーセンテージいるが、銀座で勤まる女は、稀なのである。会話のやりとりとか、その女のもっている雰囲気とかが、銀座ではムリなのである。気まぐれな女なので、ひんぱんに店をかわり、また男もかわり、いまだに身が落着いていない、という。

C子　店で働いているとき、ヒロポン中毒になった。ヒロポンをやめた反動で、異常に肥ってしまった。

廃止後、新橋のバーに勤めようと出かけてみたが、階段の幅がせまくて、体がつっかえて上り下りできぬので、やめた。前身は芸者をしていて、声がよく歌がうまいので、蒲田の民謡酒場につとめた。

その店で知り合った酒屋の番頭と正式の結婚をした。その番頭は働きもので、夜になると焼酎とおでんの屋台を引っぱって、商売にでかけ、彼女はその手伝いをしながら、幸福に暮している、という。

＊

「だいたい、その女のタイプに似合ったおさまり方をしている、といえませんか」

と私がたずねてみると、

「まあ、そういったところですねえ」

と女主人は答えた。

私が礼をいって、外へ出ようとすると彼女は、

「うるさいポンビキが、たくさんいますから、注意なさいよ。小店の女の子で、このあたりで商売しているのがいますがねえ。そういう子でも、自分で立って客を引くことができにくいものなんですよ。最初から街に立っている女の子とちがってね。だから、ポンビキと契約して客をとってもらうんですよ」

調査によれば、街に立っている女たちの三分の一は赤線から、三分の一は青線からの女、残りは最初からのストリート・ガール、ということになっている。

「うるさいポンビキにつきまとわれたらね」

ともう一度、女主人がいった。

「みのや（質屋の屋号）の親戚だとおっしゃいよ。そうすれば大丈夫ですよ。みんな、うちの質屋のお客ばかりだからね」

「どうもありがとう」

と、私は閑散とした吉原の街を歩み抜けて行ったのである。

（一九六〇年）

解説

荻原魚雷

吉行淳之介は戦時中に青春期をすごし、戦後の赤線通いを経て、小説家になった。いわゆる「戦中派」の作家であり、「線中派」の作家ともいわれていた。

多くの作家、編集者が惚れた作家であり、短編、随筆、座談の名手としても知られる。

かつて山口瞳は「その人が何か書いたら必ず読むという作家は、私にとって吉行淳之介さん唯一人である」といった。

さらに鮎川信夫は「『原色の街』以来、吉行の名を冠した文章なら何でも読む習慣がついた」と述べている。

このふたりの言葉に触発されて、わたしも吉行淳之介の書いたものをすべて読みたくなった。毎日、古本屋に行って、吉行淳之介の本を探した。そのせいで古本屋で「や行」の棚から見る癖がついてしまった。

吉行淳之介の言葉でいえば、「文学の毒」にやられてしまったのだとおもう。読むたびに、おもいこみやおもいあがりを打ち砕かれ、自分の未熟さをおもいしらされた。

すごい作家だとおもったが、どれだけすごいのかわからない。だから、何度でも読みたくなる。疲れて何もする気になれないときでも読めてしまう。没後二〇年という月日を経て、『吉行淳之介娼婦小説集成』を読んでみたのだけど、遠く、はるかにそびえているかんじは変わらなかった。

二十代のはじめに読みはじめたときから、どうすればこんな大人になれるのだろうとおもっていた。

四十半ばにもなった今でも、若き日の吉行淳之介が大人におもえてしまう（わたしが成長していないだけかもしれないが）。

「追悼の辞」と題した掌編に「どういう因縁で、私は赤線地帯に足を踏み入れるようになったか」とその理由を綴っている。

「一人の女性の軀に与えられた圧力や歪みが、その心にどういう影響を及ぼすか、またどういう喰い違いや断層が心と軀の間に現れてくるか、ということをテーマの一つとして私は小説が書きたいとおもった」

しかし、それはあくまでも「テーマのひとつ」にすぎない。

たとえば、自意識の克服――。

色街を歩く。女性たちの視線が気になる。まともに言葉を交わすこともできない。

娼婦と向いあったとき、羞恥の気配を見せながら、ぎこちなくふるまうことはエチケットに反する。

もっと陽気に、色街や娼家で冗談をいったりできるようになりたい。

そうした場所で「気持の平衡を取戻す」鍛練を自らに課していた。

『生と性』(集英社文庫)では赤線地帯を「修業の場」だったと回想している。

「その街に歩みこんだら、普段の足取りで歩けて、向こうからなんか言われたら、こっちがそれを軽くいなすような返事ができるとか。つまり、あの世界の女たちと友達づきあいができて、気楽にあの世界で動けるような感じにならなくては、男として、あるいは人間として、駄目なんじゃないかというような、まあ、それは自分が決めたことなんだけど」

そのために元手をかけ、場数をふんだ。時には、恥をかき、苦汁をなめた。

その結果、金がないとき、「コウモリ傘をカタ」に泊めてもらるまでになった(「私の小説の舞台再訪」)。

吉行淳之介が「その街」に耽溺するようになったのは、一九四九、五〇年ごろだ。

同人雑誌『世代』一九五一年十二月号に発表し、芥川賞候補になった「原色の街［第一稿］」は、後に本書所収の「ある脱出」と合わせて改稿している。

わたしは改稿前の〔第一稿〕のほうが鮮烈な印象、読後の虚脱感は大きかった。「愛することは、この世の中に自分の分身を一つ、持つことだ。それは、自分自身にたいしての、さまざまな顧慮が倍になることである」

主人公は、そのことを煩わしくおもっている。

性の快楽も愛情も、生物のメカニズムの一部としてとらえる冷たい眼と心の小さな変化も見落とさない過敏すぎる感受性、脆さと歪み——。

すでにその後の吉行淳之介の作家性の核にあたるようなものが、この作品に見ることができる。

娼婦小説と銘打たれた作品を読み、あらためて、その感情や感覚の目盛の細かさに気づかされる。

吉行淳之介は、鋭敏な神経を持つ人間と鈍感な人間が交錯したときの悲喜劇をくりかえし書いた。

主人公はたいてい繊細で不器用な男である。

「娼婦の部屋」の「私」はある探訪雑誌の記者をしている。作家になる前の吉行淳之介は『モダン日本』（新太陽社）の編集者兼記者だったから、「私」＝作者とほぼ同じ境遇、かなり近い人物と考えていいだろう。

「戦争中、私は淘宮術という流儀の骨相学を勉強したことがあった。当時、私は他人の言葉を一切信じないことにして、言葉を舌の上に載せ口から外へ離す時のその人間の表情に重点を置くことにしていた。そのために、私は骨相学を学んだ。というより、言葉というものを信用していない、ということをあたりに表明するために、それを学んだといった方が正確である」

なぜ「言葉というものを信用していない」のか。

おそらくそこには戦争体験がある。

戦時中の吉行淳之介は、思春期に軍国主義になじめず、教室にたったひとり取り残されているかのような気分を味わっている。

教師、級友の言葉は、当時の戦中の思想に染まっていた。戦後、彼らの言葉はあっという間に民主主義に染まった。かつての自分を「非国民」となじったことを忘れて……。

作風はそれぞれちがうけど、吉行淳之介、安岡章太郎、遠藤周作といった〝第三の新人〟と呼ばれる作家たちは思想にたいし、距離をとろうとしていた。

すこし前に、たまたま奥野健男著『日本文学史　近代から現代へ』（中公新書）を読んだ。

敗戦後、〝無頼派〟〝民主主義文学〟〝戦後派文学〟が華々しく登場する中、どのようにして〝第三の新人〟の文学は生まれたのか。

「〝第三の新人〟たちの多くは大正五年から末年にかけて生まれ、すでにマルキシズムの思想運動が終焉した時期に学生生活を送り、青春時、学徒出陣や一兵士として戦争に参加した戦中世代であり、思想や政治に対する生理的な不信が共通しています」

わたしがはじめて読んだ吉行淳之介の作品は、『軽薄派の発想』（芳賀書店）というエッセイ集だった。

「いまの時代に必要なのは『こわもての重厚』よりは『鋭い軽薄』である」

ある種の真面目さ、仰々しさにたいし、柔軟かつ適当な「鋭い軽薄」で対抗した。安易に集団に同調せず、自分の生理を軸に生きる。いっぽう常に自己省察と自己操縦を怠らなかった。

吉行淳之介の文学は、けっして声高な主張はしない。一見遊び人風でありながら、その力のぬけた軽やかさは、細心の注意を払いながら、作り込まれたものだ。

わたしは戦争も赤線も知らない世代だが、吉行淳之介から受けた畏怖と憧憬は一生の財産だとおもっている。

（おぎはらぎょらい、文筆家）

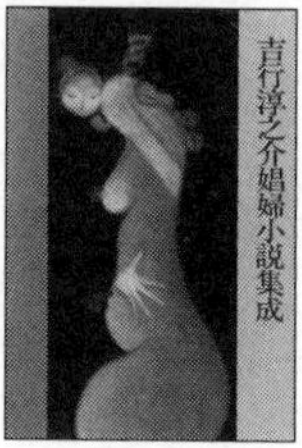

本書は『吉行淳之介娼婦小説集成』（一九八〇年、潮出版社）を底本とし、「私の小説の舞台再訪」（『私の東京物語』一九九五年、文春文庫）、「赤線という名の不死鳥」（『吉行淳之介エッセイコレクション2　男と女』二〇〇四年、ちくま文庫）を追加しました。

本文中に現在の人権意識に照らして不適切と思われる表現がありますが、本作品の時代背景と文学的価値、また著者が他界していることを考慮し、原文のまま収録いたしました。

中公文庫

吉行《よしゆき》淳之介《じゅんのすけ》娼婦《しょうふ》小説《しょうせつ》集成《しゅうせい》

2014年6月25日　初版発行
2021年9月30日　再版発行

著　者　吉行《よしゆき》淳之介《じゅんのすけ》

発行者　松田陽三

発行所　中央公論新社
〒100-8152　東京都千代田区大手町1-7-1
電話　販売 03-5299-1730　編集 03-5299-1890
URL http://www.chuko.co.jp/

DTP　ハンズ・ミケ
印　刷　三晃印刷
製　本　小泉製本

Published by CHUOKORON-SHINSHA, INC.
Printed in Japan　ISBN978-4-12-205969-6 C1193

各書目の下段の数字はISBNコードです。978-4-12が省略してあります。

中公文庫既刊より

よ-17-9
酒中日記　吉行淳之介編
吉行淳之介、北杜夫、開高健、安岡章太郎、瀬戸内晴美、遠藤周作、阿川弘之、結城昌治、近藤啓太郎、生島治郎、水上勉他――作家の酒席をのぞき見る。
204507-1

よ-17-10
また酒中日記　吉行淳之介編
銀座や赤坂、六本木で飲む仲間との語らい酒、先輩たちと飲む昔を懐かしむ酒――文人たちの酒にまつわる出来事や思いを綴った酒気漂う珠玉のエッセイ集。
204600-9

よ-17-11
好色一代男　吉行淳之介訳
生涯にたわむれし女三千七百四十二人、終には女護の島へと船出し行方知れずとなる稀代の遊蕩児世之介の物語が、最高の訳者を得て甦る。〈解説〉林望
204976-5

よ-17-12
贋食物誌《にせしょくもつし》　吉行淳之介
たべものを話の枕にして、豊富な人生経験を自在に語る、洒脱なエッセイ集。本文と絶妙なコントラストを描く山藤章二のイラスト一〇一点を併録する。
205405-9

よ-17-13
不作法のすすめ　吉行淳之介
文壇きっての紳士が語るアソビ、紳士の条件。著者自身の酒場における変遷やダンディズム等々を通して「人間らしい人間」を指南する洒脱なエッセイ集。
205566-7

よ-17-15
文章読本　吉行淳之介選　日本ペンクラブ編
名文とは何か――。谷崎潤一郎から安岡章太郎、金井美恵子まで、二十名の錚々たる作家が綴る、文章術の極意と心得。〈巻末対談〉吉行淳之介・丸谷才一
206994-7

ま-17-14
文学ときどき酒　丸谷才一対談集　丸谷才一
吉田健一、石川淳、里見弴、円地文子、大岡信ら一流の作家・評論家たちと丸谷才一が杯を片手に語り合う。最上の話し言葉に酔う文学の宴。〈解説〉菅野昭正
205500-1